松岡政則詩集・目次

詩集〈あるくことば〉から

エッセイ

作品論・詩人論

装幀＝菊地信義

詩篇

詩集〈川に棄てられていた自転車〉から

家

石を投げている
トタン葺きの今は誰も住まない家
砂利道のを拾っては
男が石を投げている
窓ガラスが割れ音が散らばる
沢伝いに音が散らばる
石を投げている
窓という窓に
壁という壁に
失ったものにトドメを刺しているのか
表札の外された玄関に
縁側の雨戸に
石を投げている
家中に石を投げている

箕作りの音が
竹を炙る匂いがいつも男を苛つかせた家
男は入ろうとはしない
近づいてのぞき込んだりもしない
ただ石を投げている
その笑えない距離
誰もよせつけない険しい距離
石を投げている
何かをぶちまけるように
自分に絡んででもいるように
土壁にあたる、鈍い、どす黒い音、
音が重みをおびてかぶさってくる
石を投げている
男にもうまく説明できない石を投げている
〈今日一日主張しないこと〉
そうやって自分を閉じ込めてきた石を投げている
ムラを捨てたのか
ムラに捨てられたのか
ワラビやイタドリも

たけるだけたけている石を投げている
下りて行こうにも
年々やせ細る川の流れだ石を投げている
青黒い杉山に
挟まれるようにして建つ家
その良心ぶった支配面が
ずっと我慢できなかった石を投げている
もうとっくに死んでいる家なのに
石を投げている
ずっと黙らせてきた家に
石を投げている

「ここは地下道出入り口の階段です」

この頃少し
都市を感じすぎだろうか
石灰《いしばい》でも混じりこんでいるような
胸の硬さがどうも気になる

どこまでが自分の不安なのか
それさえも分からない
通勤電車の中でそいつを擦りつける
もっと捨てようか
ぐりぐり擦りつける
それでも工場では熟練した旋盤工だ
機械に呼吸を合わせながら
黙々と一日の労働をこなす
この時代はモノとの距離を決めさえすれば
後は何とでもなる

勤め帰りにはよく寄り道をした
金網のフェンスにもたれて
都市を行分けしたりした
蓋をされた川の上を歩きたくはない
都市の言い訳なんか聞きたくもない
などとノートに書いた
ちりちりと皮膚が反応して
あれがいけないのかもしれない

遠い日

ぼくらはデモに見せかけては石を投げてあそんだ
警棒で強か殴られたこともあったけど
ぼくらはまた石を投げてあそんだ

どこに位置すればいいのか
日暮れるとビル群が立ち上がる
鬱とは怒りなのか
失うとはねじれることなのか
あるくしかなかった
いつもあるき回るしかなかった
胸をさすりながら黒い地面を眺めていると
録音テープの声に
不意に呼び止められることがある

砍《はつ》る

ドドドド……。真夜中にうるさい奴だなどと咎めてくれるな。都市をつついているんだ。こいつを眠らせるわけにはいかないんだ。

ドドドド……。こいつは既に、何でも編集可能な人工知能を匿しもっている。隠喩や余白さえも感得できるやつをだ。垂れ流しの電光を見ろ。舗石に生える鋼鉄の街路樹を見ろ。何でもありだ。今夜もそうだ。ドドドド……。かといって都市にも弱点はある。例えば少年のように底抜けに笑う大人を見かけたりすると、どうにも我慢ができぬらしい。呼吸を乱し、じき白い粉をふきながら固まってしまう。要するに不意を衝かれるのが、都市の身体からはみ出されるのが嫌なのだ。失うことに耐えられても、白状することができないのだ。ドドドド……。もっともっと疲れていただく。そのためだけに生まれてきた男。そう言ってもいい。

これか、これか、これがブレーカーの三〇号だ。そこいらのトウシロにはとても手に負えぬ粗暴な奴だ。こいつを黒光りするアスファルトの地面に突き立て、レバーを引いたらすぐさまドドドド……。下っ腹で押さえつけて砍る。砍る。脇を固めてドドドド……。誰にも止められない砍りだ。完黙非転向の断固たる斫りだ。水銀灯に照らし出された脂ぎった夜。不義は主義に反するが、都市とやる、相互オナニーの夜だ。

白みだした空とブレーカーを軽トラックに積んでいると、どこかでボイラーの蒸気が抜ける音がした。振り向くと今夜も眠れなかった都市の奴、ポカンと口を開け、大股を広げたまま、まだぴくついていやがった。

竹

どこから来たのか
節くれだらけの
背伸びしたままの
木でもなく
草でもなく

雪煙が山肌を駆ける頃

おまえは大きな音を立て割けることがある
あの音はどうだ
あんな心地いい音どこで覚えたのか
春でも呼んでいるような
こどもたちを誘っているような
例えばポン菓子機の釜が弾けた時の
祭りを告げる火矢《ひや》が空を突く時の
どちらにしたって一揆の喊声のような
何かが始まる音だ

表皮が美しく
ヨラの長いもの
見ただけで女の粘りを感じさせ
なおかつ真っ直ぐに空に向かっているやつ
そういう竹を細工師は好む
おまえは節を削がれ
八体にも十六体にも割裂され
細い竹ヒゴとなる
筒状に

籠状に
村の鼓動で編まれていく
根を詰める作業
時にはローソクの火で炙って曲げ
足の裏で押えつけたり口にくわえたり
細工師は一日中すわっている

伸び盛りには一日一メートルも伸び
たった三カ月で成竹になるという
そんな神業を見せておいて
それでも自分はイネ科だなどと
いくら言い張ったって誰も信じない
それにだ
ヒマラヤの麓にも
インドネシアの島々にも
おまえらは居るっていうじゃないか
そこじゃ今でも
家具や食器に
農耕や漁撈に
そして精霊の宿る呪具として
おまえらは頼りにされ
崇められ
生かされているっていうじやないか

産業廃棄物の
粗大ゴミの
不法投棄の都市の排泄場
おまえは悲しみの素顔すら忘れ去っている
時折しなりながら妖しく誘ってみたって
せいぜい雪虫がまとわり付くくらいのものだ

*ヨラは節と節の間

犯行

私がやりました。理由はわかりません。信じていただけないかもしれませんが、本当です。そんなに怒鳴らないで下さい。それは今お話しします。ひとしきりずつ強くなったり弱くなったりの、群雨でした。このところの無言電話でナーバスになっていたのか、体中がむくんだ感じで、とにかくひどく疲れていました。資材置き場横の自動販売機で缶コーヒーを買って、それから河口の長い橋を渡ったんです。

いえ、知り合いなんかいません。底知れぬ傷みを匿った白い町でした。なんか皮膚をよまれてでもいるような、初めて感じる不安でした。カタツムリは後退りができないことを知っていますか。あの日の私がそれでした。いえ、ふざけてなんかいません。立ち現れる境界性に吸引されるように、あの町の刺激すべてに反応していったんです。そんなに焦らないで下さい。動機がなければいけないのですか。でもやったのは私です。それは間違いありません。

横なぐりの、アスファルトを斜めに走る雨でした。あれは電波塔近くの側溝に捨てました。そんなはずありません。もう一度ちゃんと調べてみて下さい。

私はくたびれていました。いつもパンパンでした。最近変わったことですか。そういえばこの何日か、夜のバスに乗っている夢を見ました。

（『川に棄てられていた自転車』一九九八年澪標刊）

詩集〈ぼくから離れていく言葉〉から

川

頭の中が濁っている
第二公園を抜けたところの本屋
〈趣味のえらび方〉
〈友達のつくり方〉
どろどろする
頭の中の川
疲れているのにいつも眠れないでいる
歩くと揺れる
濁った母の川

「つい一週間前まで閉鎖病棟に」
あの日医者は目を合わさずにそう言った
母の川が
また暴れたのだ

拘禁具に締めつけられていたのだろう
手首にアザが残っていた
そこをさすってやったが
母は遠い国のことでも考えているふうだった

「山に帰りなさい」
帰りぎわ小さな声が私を止めた
振り返るとベッドの上にきちんと座った母が
壁に向かって喋っている
母が
戻ってきたのか
だがまたそのすぐ虫のように丸まって
何かを大切そうに抱くのだった

病院を出てからもずっと
母の声はついてきた
まさ土の道が
白く燃えていた
護岸工事の掘削音

頭の半分がつっ張る
夏が落ちてくる

二度と帰ってくるな
そういう土地柄ではなかったのか
「山に帰りなさい」
あの時母は確かにそう言った
第二公園を戻りながら
夏には川で泳ごうと思った
ムラの出口まで
流れてみようと思った

インド考

男は地べたに座り込んで銀細工のアクセサリーを売っている　一日の売り上げはわずか五〇ルピー（約百十五円）　それでも四人の家族を養っている　男はヒンドゥーに怯えているんじゃないと言う　こうやって制度の外に逃れることで　逆にカーストを追い詰めているのだと言う　それに自分は五〇〇〇年前のパンジャブの渓谷に突き落とされた一族の末裔　怨嗟の声だと言う　確かに遠い影をもっている
その隣で櫛を並べている少女　一家でデリーに越して三年目　彼女の黒い瞳は　そこから世界のすべてを映し出そうとしているかのような輝きを放っていて　まわりの大人たちを恥ずかしくさせる　彼女は他人には聞かれてはならない祈りの言葉をもっていると言う
菩提樹を一本はさんで歯磨きの木を売っている老人　彼は身の上話をはじめた　農作物がとれない年があった　地主は地代を下げてはくれない　クソっ腹がたつから畑に廃油を掛けて　ごらんの大道商人になったってわけさ
それから錠前屋　籠売り　お茶売り　薬売り　手相師やマッサージ師　七変化や蛇使いもいる
かつて〈アヒンサー〉の思想で　大英帝国を屈服させた人々　清貧と雑多　沐浴と瘤牛　多言語社会の国　マザー・テレサの眠る国

でも　御免　ほんとうはインドへは一度も行ったことがないんだ　ぼくは相変わらず裸足のままベランダに出ては　遙かな国の暑くて埃っぽい土地の匂いをかいでいる　そして十億の民の足音というのを想像する　それに耐えうる　強い空をえがいてみる

そんなのはインドじゃない　とあなたは言うだろうか　ついこの間もガンジスの上流で　部屋の鍵さえない木賃宿に一人で泊まってきたと話していた　インドは行かないとインドじゃない　凜として言うだろうか

あをふかくさの夢

野っ原
と呼んでみる
躰の中にも草が広がる

この土地の何を畏れていたというのか

川土手に立ちに来たのだ
かぐわしい草の匂いまで
あとは下りて行くだけのことだ
言い訳などしない
言葉になる少し前の
まだぼくの涙ともいえない場所へ
だーと駆け下りて行くのだ
ずっと前から
やってみたかった
胸まで青深草に覆われてみたかった

自分を殺しかねない日々からいま駆け下りて行く
草には続きがある
清潔な忘れ物がある

空も揺れていた

水たまりの

空を踏んだ
すっ裸の雨上がり
弔いの歌が流れていた
つつましい土の匂いを孕んで
群れては戻ってくる風の強い日だった
黒白の幕が
ちぎれるほど揺れ
母のために集《つど》った人たちも
そうでない人たちも揺れ
（だからなんなんだ）
ぼくは激しく立っていた
断固として揺れなかった
花を散らした山桜
芽吹きはじめた楢の類
裏山が風を吹かせているのだと思った
誰の弔辞も聞かず
そう
ぼくはひっしで詩の言葉を探していた
そうしないと
立っていられなかった

（『ぼくから離れていく言葉』二〇〇一年澪標刊）

詩集〈金田君の宝物〉全篇

背戸山

ぼくはどこにも帰れないという捩じれを生きている。
川にも疎まれるようになった躰を生きている。
だからなのか。
なのになのか。
背戸山背戸山。
唄者《うたしゃ》だった長《おさ》は時々子供らだけを連れ出した。
月明かりの杣道を皆であえぎ登ると、
連絡《つなぎ》の地と呼ばれたクマ笹の尾根に出る。
そこから山司《やまのつかさ》までいっきに駆け登って、
ぼくらは息をのんで見上げたのだ。
遙かな遙かな宇宙を。
どこまでもどこまでも宇宙を。
ぼくらの声は星星と響き合う。

ぼくらの躰は透き通っていく。
舞うように降りてくる青白い時間の帯に、
ぼくらは素手で触ろうとした。
背戸山背戸山。
それは濃厚な原初のいのち。
それは蔑まれた者たちのあるかなきかの声。

いつも何かを溜め込んでいた。
分かっていて失っていくものもあった。
それでもまだぼくを責めるのか。
背戸山背戸山。
どうにも遣る瀬ないのは時々背戸山が震えているということ。
ぼくの躰がその震えを拾ってしまうということ。
ほっぺたが痛いと思ったら、
雪がチラついていた。
バス停のところに、
冬が裸足のまままつっ立っていた。
姉さん。

不意に姉さん。が過《よ》ぎる。
三つ編みをしていた中学の頃の姉さん。
いつ頃からか音信不通の、
姉さん。は元気でいるのだろうか。
背戸山背戸山。
血管《ちくだ》が熱くなる。
裂けてしまいたいくらい恥ずかしくなる。

（あの日姉さん。はバスに乗らなかった。
（停留所に一人。いつまでも座っていた。

それはもう熱のような「歩く」で

この頃「歩く」が気になる
「歩く」ばかり考えている
ぼくの「歩く」は保護区域に収容された飼い馴らされた
　「歩く」ではないのか
土からもどんどん遠くなって
もうどこにも帰れない「歩く」ではないのか
ときどき他者の熱がする
ペタペタと恥ずかしい音がする
それでも「歩く」でしかいっぱいになれない事があった
「歩く」でしか許せない事があった

空
児童労働の空にも繋がっているのかそれでも真っ青い夏
　の空だ
公園の土手の斜めから
突き上げるようにツクツク法師が鳴いている

遠い日の濃い緑を抜けてきた「歩く」
あなたの事がみっともないくらい好きだった「歩く」
ぼくは「歩く」の本来の在りようを
「歩く」の少し前を考える
母の母の
そのずっと昔の母の「歩く」のあとを
ぼくはこっそり追尾《つけ》てみたくなる

怒りまくるだけの「歩く」があったような気がする
どこかで約束した「歩く」があったような気がする

草の先

構わないではないか
普通の人でいるのが恐ろしくなったっていうのなら
電脳の窓という窓をたたき割って
雨上がりの五月のへりをたった一人で歩いて行ったって
　構わないではないか
野っ原に混じりながら
お前に繋がるという一族の影を追って
できるだけ制度から遠ざかるのだ
評者をアスファルトの上に置き去りにしてやるのだ
行為のことではない
関係のことでもない
崩れかけた野面積みの石垣を抜けて
誰よりも強く空を感じてやるということだ

記憶などというような
そんなつまらない語はもう使うな
草に触れながら
草にも触れられているという感覚
原初の発語と
清潔な筋肉と
血の系譜に向かってただ歩きはじめればそれでいいのだ
草に追われていると感じるまで歩き続けるだけのことだ
どんな批評も届かない土地の
言葉を捨てながら歩かされる土地の
草の先
そういうことだ
もうどこにも戻れないと分かっていてそうするのだ構わ
　ないではないか

ＩＣＵ

ビニールの管《くだ》が　何本も突き刺さっている　ズタズタに弄《いじ》くられた　母の手を握る　か細い息を握る　闇がある　深潭な闇がある　夕暮れの畦に　ひとり立ち尽くしているのか　それとも上《かみ》の淵を溺れているのか　微かに握り返してきた　母の闇が　遠くから握り返してきた　その何時間か前の　誰もいない外来の待合室で　声を荒げて　兄と激しく言い争った

（こがぁな汚ぁ装《なり》でから
（ほんまにこの子は昔っから
（騙しがけに戻ってから
あれははじめておんなと帰った日のことだ
平鍬の柄をつっかい棒に
母はそう言って怒った
そのあとすぐ　はぶ*を丸出しに笑った
気持ちの濃いわかりやすい質《たち》
そのごつごつした慌てぶりと
石垣の周りいっぱいに咲いていたサトヤマタンポポ
白状すると
あれがずっと自慢だった

外はまた降りだしていた　舞う事もなくまっすぐに降る雪だ　降り積もうとして降る雪だ　もしかしたら母はいま　雪を感じているのだろうか　絶え間なく続くザーという微かな音を　じっと聞いているのだろうか　夕べの消灯の時だった　死ぬのも楽じゃなぁのぉ　母はそう言ったのだ　そのあとすぐ　はぶから先に笑って見せたのだ　手を握る　夕べの母の手を握る　一心に握る　握っても握ってもまだ足りない握る　こんな時にだ　言葉の気配がする

＊方言で、歯茎。歯肉の意

カワガラス

川原に下りて
誰か泣いている
しゃくり上げて泣いている
何を詰まらせているのか
自分にぶつかってでもいるのか
躰中を滾らせて
男がぐちゃぐちゃに泣いている
息が止まってしまうほどに
躰が千切れてしまうほどに
あんなにも激しく
あんなにも痛ましく人は泣けるものなのか
見渡せば葦の穂を揺らして
川原ごと泣いているのだった

作業着のボロに
ヤンマーの帽子を被って
泣いていたのは兄だった
絶縁している兄だった
偏固で横道で威圧的で
躰のどこかが破れているような男だった
何度しめ殺してやりたいと思ったか知れぬ男だった
そいつがいま泣いている
みっともないくらい泣いている
母の月命日だった
なんか無性に腹が立ってきた
カワガラスの番いが
川面《かわづら》をかすめるように飛んで行くのだった

雨

町なかで
いきなりの雨が好きだ
空がどっと覆い被さってきて
何も言うな!
とアスファルトをばたばたたたきつける

大粒の烈しいのが好きだ
ふくらはぎをひくつかせ
声までびしょ濡れてきやがる
何もかもをあらわにして
知ったことかと降りまくる
いつ止むともなく降りまさる

その時、雨の後ろ側で何が動くのか。

まぁ降るゆうもんじゃぁなぁてぇのぉ
母の野太い声がする
雑木林の濃い匂いがする
白く烟ったトタン葺きの集落を
鮮やかに思い出させてくれる
ゴンも山際を走ってくる
そんな雨が好きだ
空が弛みきって
もう自分でも降り止めないと言ってるような
半端じゃないのが好きだ

どうしようもないのが好きだ

雨を見ていると
なんでか知らんけど
うどんが食いたくなるんだよな

差出人

枝打ち。
下草刈り。
手入れの行き届いた林だ
楢や櫟の美しい雑木林だ
その中に踏み入ると
眩しく揺れる無数の光斑
すてられたムラなのに
誰の仕業なのか道打ちもされ。
春先には決まってわたし宛てに届く郵便

と何か関わりがあるのだろうか
封を開けるといつも
微かに雑木山の匂いがした
〈本代〉と朱書きされ
その下の判読不能な七文字

差出人は誰なのか
わたしは誰を忘れているのか
ときどき躰が過去に向かって
引きちぎられていくみたいだった

一族の土地に居るのに
まだ足りない気がする
もっとはっきりと帰りたくなる
わたしは誰を忘れているのか
こうやって寝そべっていると
雲が、というよりも山が流れる
眼を瞑ると
ずっと深いところに柔らかな層を感じる

母

粗野で
性急な質《たち》だったけど
母の肩には草の輝きのようなものがあった
ぼくはそれを
遠くから見るのが好きだった

母はよく野の草花を撫でて歩いた
川べりではヤマセミのすぐ傍まで行けた
肩のあたりがピクピク動いていて
もしかしたら母は肩で話しているのか
などと本気で思ったりした

いや、今もそう思っている
一族に伝わる秘技なのか
そんなのがあったのならぼくにも口伝しておいてほしか
　ったけど
聞けば母のことだ

（わけのわからんことを言うな
（親をからかうんか
などと怒りだしたに決まっている

母は躰に喋らせた
遠く薄青く霞んで見える深山
あの連なりの向こうが母の空だ
草が聞こえてくる
畦が走り出す
いつだってみっともないくらい会いたかった

「背戸山節」

母のことも
夏の野面も
嘘寒くなる
言葉にするとなんか混じり込んでしまう
あれはなんなのか

躰のずっと奥に広がる弛緩
あのどうしようもない怠さはなんなのか
むかし姉さんがよく言っていた
あれが〈背戸山の憂鬱〉だろうか
ときどき躰に出るのだと言っていた
自分を殺しかねなくなるくらい
怠くなるのだと言っていた

♪（アホレッ）
グリグリショ　グリグリショ（アホレッ）
背戸山まぐわり　グリグリショ（アホレッ）
丸めて立たせて　グリグリショ（アホレッ）

子供の頃のことだ
「背戸山節」というのがあった
一族が集うと決まって皆で歌いだす
「背戸山節」というのがあった
躰を斜めに構えては
腰をこねながらぶつかり合う

大人も子供も一緒くたに
あれが死ぬほど嫌だったと
むかし姉さんが言っていた
そうやって背戸山としか呼んでこなかったから
ぼくらは本当の名を知らなかった

橋

もう三十年も前のことだ。垰をくだり終えたところにある橋の袂まで、一族総出で見送ってくれた朝のことだ。霜だたみの上に朝日があたって、うっすらと湯気が立ち上がっていた。〈この土地のことは忘れんさい〉。〈二度と帰って来んさんな〉。あなたはそう言ったのだ。そのすぐ皆と笑ってみせたのだ。わたしは何も答えなかった。何も答えてはいけないと思った。だから橋を渡りきってからも、一度も振り返ることはなかったのだ。

どうにも忘れることのできない橋があと一度だけある。

あれは美しい月夜だった。六千の星が煌めいていた。何処かからの帰りだったのか。一族の皆が橋の上に一列に並んで、ずっと夜の川を覗き込んでいたあの夜のことだ。誰も何も喋らずに、ただ神楽月の揺れる川をじっと聴いていたあの夜のことだ。その日何があったのか。わたしがまだほんの子供だったから分らなかっただけで、橋の上から何かを流した後だったような気もする。であるなら何を流したのか。それはどうしても流さなければならない物だったのか。一族を守るためには、避けては通れぬ仕方のないことだったのか。いや、罪を犯すような人たちでは絶えてなかったのだし、それは物などではなくて何かを誓った川だったのかもしれない。ある決意のような、清潔なものを流した後だったのかもしれない。青白い月光だった。走り星を幾つも見た。熟れた山柿が発情したように激しく浮かんで、その下をゆっくりと、一族の闇が流れていたのだ。いや、それは後から混じり込んだ情景かもしれぬ。何れにしても、それはわたしが知っておかなければならないことだった。あの夜のことは、あなたが生きているうちにどうしても聞いておくべきことだった。

今は山桜の下で静かに眠っている母よ。〈二度と帰って来んさんな〉。そんな土地があっていいのか。帰るとは何か。帰ればわたしが何かを失うとでも思ったのか。一族の土地を匿わなければ、わたしが生きていけぬとでも考えたのか。

ムラを出たあの大霜の朝から、わたしは川で切断されていたような気がする。わたしだけが族譜から消除されていたような気がする。わたしは帰る。風合瀬の橋の上から、ずっと夜の川を覗き込んでいた一族の無言に帰っていく。懐かしいような泣きたいような、あの寂しい厳しい美しい青の一列に逢いにいく。そこから川向こうの埣を越え、今は誰も住まないトタン葺きの集落へ。川魚漁と竹細工の里へ。あのキラキラと輝いた木漏れ日の日々に帰っていく。あなたを感じるために。わたしの草をこそ取り戻すために。何度でも何度でも、帰っていく。

歩きまくる夜

またあきらめて歩き回った
躰がだんだん硬くなっているぼくはどうなっているのか
いつもここではないと思った歩き回った
歩けば歩くほど一人になるぼくはどうなっているのか
ぼくは黄色いのか
黄色いだけなのか
だからといって何も言うな
ぼくを助けたいなどと言うな
誰とも共有できない歩き回る
ぼくにも予測不能な歩き回る

跨線橋を渡っている時だった
街路灯の青白いあかりの中から
点滴台を引き摺りながら母が険しい顔で立ち現れた
ちょうど終電が出たところで
その間ぼくも母も激しく揺れた
だからといって何も言うな

そんなに早くぼくを理解するな
ぼくは息を止めて歩きだす
母をすげなく置き去りにする
どこにも帰属しない歩き回る
なんか恥ずかしい熱のする歩き回る

資材置き場の前だった
空の一斗缶が歩道を塞ぐように転がっていて
また母かもしれないと思った
もうどこにも行くな
と母が通せんぼをしているような気がした
加速するしかない歩き回る
パンパンのふくらはぎの歩き回る
ぼくは足だけになる
歩き回るだけになる
すみません
もうあなたにもぼくは止められないのです

金田君の宝物

小学六年の運動会
ぼくは体育館の裏で金田君を見た
金田君は隠れるように
露店の蒸気まんじゅうを食べていた
急《せ》いてラムネを飲んでいた
みな地区ごとにかたまって
親たちと一緒に弁当を食べるのに
金田君は作ってもらえなかったんだ
あの時の金田君は痛かった
のどに詰まって痛かった
でも
トモダチにはならなかった

中学三年の夏休み
ぼくと金田君は砂防ダムの工事現場で土方をした
みなと川に潜って魚を突いたり
クラブ活動に出てなどいられなかった

ぼくらはそのぶんムキになって働いた
型枠に流し込んだ生コンを竹の棒で突いたり
土砂を積んだ猫車《ねこ》で板橋の上を渡ったり
ぼくらは真っ黒になって大人よりも働いた
でも
トモダチにはならなかった

その年の秋だった
うっすら黄色くなったバス停のところで
金田君が隣町の奴らに囲まれていた
（われらぁどしたんなら
（かばちがあるんかコラッ
ぼくも凄んで加勢に行ったけど
二人ともボコボコにされた
でもぼくらは土方で鍛えてもいたし
八人を相手にけっこうやったんだ
が　それがまずかった
ぼくらはいつもついていなかった
相手の一人が肋骨を折って入院した

それは警察沙汰にもなり
（この子らはほんまに末恐ろしい
（僻んだ土地の子は何をするかわからん
大人は口々にそう言ったから
ぼくらはまたグレてみせる他はなかったんだ
でも
トモダチにはならなかった

金田君が今どこにいるのか知らない
何をしているのかも知らない
ぼくは今もトモダチなどいないけど
金田君もだろうかと時々思う
でも体育館の裏で
蒸気まんじゅうを食べているのを見た時から
金田君はトモダチだったような気がする
一緒に遊んだことなどなかったけど
ぼくの中ではずっと
トモダチだったんだと思う

今日　懐かしい写真が出てきた
太宰の『津軽』に挿んでおいたことなど
すっかり忘れていたことだった
それは中学の卒業式の日
一人だけ進学をあきらめた金田君がこっそりとぼくにく
　れたものだ
その黄ばんだモノクロを手にして
なぜか涙が出た
おんなのアソコを見ながら
涙が止まらなかった

一所不住の声

誰にも話したことないけど
時々は山に入らなければならない躰だった
発動機もそのままに
木出しの索道跡が残っている

境界石の辺りには
古タイヤが野積みされている
すてられた土地の
すてられたみどり

見られている
草に見られている
何を確かめられているのか
全的に拒まれているのか
吐きたくなった
猛烈に吐きたくなった

こども交じりの
声がする
上の方で騒いでるのがいる
あれはかつて
転場者《てんばもん》と嘲られた者たちではないのか
それでもまつろわなかった者たちの
場越《ばこ》しのそれではないのか

尾根づたいに流したんだな
いま沢を飛んでいるんだな
葛でも使っているのだろう
面白がっている皆の声が
空から降って来るよ

〈ズォリャアアア……〉
〈アッイヤアアア……〉

休日には草の船を出す

アーアーアーアー
はじめはいつも
アーアーアーアー
をやる
アーアーアーアー
泣くのではなく
母を呼ぶのでもなく
アーアーアーアー
いきなり走り出す
助走なしにぐいぐい走る
走る走る
野っ原をでたらめに走りまわる
両手をぐるぐる回してみたり
ときどきはすっ飛んでやったり
走って走って
ぶっ倒れるまで走りまくって
そうやって言葉を清潔にしてやるのだ
アーアーアーアー
アーアーアーアー
胸をたたく
げんこつで胸をたたく
たたいてたたいて
赤く腫れ上がるまでたたき続けて
知ってはならなかったことを

感じてはいけなかったことをたたき出してやるのだ
他者の声を
他者の視線を
てらてらと匂い立つようなアスファルトの膿を
ひき殺された猫の死体をたたき出してやるのだ
アーアーアーアー
アーアーアーアー
靴を脱ぐ
靴下を脱ぐ
脱いだはしからそこらにほっぽり投げる
そうやって裸足で帰って行く
混じりっけなしの独りぼっちで帰って行く
あとはのんどり
雲を眺めていればそれでいい
じきに足から
足からぼくが流れ出す

夜の郵便ポスト

普通とは痛ましいということだ
頽ずる当てのない息苦しい語だということだ

普通を強いられることを
あんなにも嫌がっていたお前が
東京へ行ってしまった
普通を垂れ流すどす黒い土地の
より強固な普通を生産する巨大な工場で
働くのだと行ってしまった
けどアン
心配するな
東京にも草はある
かつてわたしは見たのだ
東京高等裁判所前の道路を占拠して
座り込んだアスファルトの罅割れに草が生えていたのを
アン
東京で草を見たのだよ

あれから個の意味も
野の力も
すっかり薄まってしまったけど
普通に険しく見られている日常なんだけど
アン
東京で草を見たのだよ
いつ頃だったかお前と競って憶えた草の名前が
いま東京で幾つ数えられるか
その名を便箋いっぱいに書き込んで
そんな夜にはアン
泣いてもいいのだよ

心筋梗塞

匿ってきたことの
書かなかったことの
ノイズ
微かな疼き
廃棄物運搬車両が止まっている
ビル解体工事の現場が止まっている
追従と恥辱の果ての
止まっているを歩き回るしかない夜の
ノイズ
わたしはどこまでわたしなのか
わたしはまだわたしと呼べるわたしなのか
わたしにはもうどうすることもできないわたしの中の
ノイズ
血管《ちくだ》にへばりついている
ノイズ
へばりつく、へばりつく、
そうやってどろどろと狭窄していく
わたしにはわたしに疎まれているわたしが分かる
わたしを笑いのめしているわたしを見ているが分かる
わたしがわたしに耐えられなくなるまでの
ノイズ

ぎとぎとと照らつく夜のアスファルトがどこまでも続い
　ていた
遠くが苦しくなる
それでも黙秘する
わたしは激しく黙秘する

草の一日

ここらから見上げるのがぼくの山だった

野風を吹かせて
雨でも誘っているのか
のびやかに移ろう草の相
雑木山の際まで
波打ちながら押し寄せていく

理など言うな
ぼくは電磁波に塗れているだろう
焦げた科学臭がするだろう
皮膚の内側がヒリヒリして
みっともない歩き方をしているのだろう

雑草《あらくさ》
と声に出して言ってみる
メナモミ・カゼクサ・ヒメジョオン
オヒシバ・イタドリ・エノコログサ
ヨモギ・ギシギシ・ダンドロボロギク

繁道がある
微かに残る繁道がある
ぼくは〈ヤブコギ〉をはじめながら
だんだん草の匂いになっていく
山の作法*に従って
どこまでもどこまでも帰っていく

＊子供の頃のことだ。山に入るとき一族の者は決まって腰鉈をさし、なぜか自分の名を名乗りながら入っていくのだ

った。

空が痛くなる

どこまでも追いかけて来る土地がある
それでいて戻ることを許さない土地がある

自分を感じ過ぎていると冷かやかに置いていかれる
それどころかどれが自分の素顔なのかさえ分からなくなる

草から生まれたからなのか
ぼくは溶け込むということができなかった
どこにも居付けない躰だった
漂泊《ながれ》ていないと
空が痛くなる
ひりつくような不安が来る
淫靡な路上の
またあの得体の知れない熱が来る

それでもだ
感じ過ぎる皮膚なのだ
ぬめぬめの夜につい触れてしまう指先なのだ
ぼくの躰はなぜ猥雑な方へ
なぜもっと酷薄な場所へと向かってしまうのか
爛れたアスファルトを歩き回りながら
ぼくは人込みを怖がる言葉のことを思った
明け方に発熱する喩のことを思った
誰にもありのままのぼくを見せてはならない
あなたの前でもぼくで居てはならない
空
風が稲のひこばえを撫でる土地の
土くれと話すしかない年寄りの
空
地縁からも血胤からも逃散しておいて
いつも想い出すのはムラの空だ
日暮れた後の
あの群青の空だ
ときどき都市と眼が合ったような気がしたけど

ぼくは気づかない振りをした
疎まれているのは分かっていたけどぼくにはどうしようもないことだった
なのに空だ
また空が痛くなる

川に飢えている躰だった

怒りとも哀しみともつかぬどろどろを
躰のずっと奥に匿ってきたばかりに
どうにも震えが止まらなくなってしまったことがあるか
雑踏の中で
急に息が喉もとに詰まって
その場にへたり込んだまま動けなくなったことがあるか
躰のどの部分がさみしがっていたのか
ぼくは何を黙らせたかったのか

〈もう帰ろう〉

不意にそう思い立ったのだ
帰るべき家も土地も
どこにもありはしないのにぼくは堪らなく帰りたくなったのだ
川まで行けば何とかなると思った
それはどうしても川でなければならなかった
銀色のネコヤナギが川面に映え
どうしたって出自が剝き出しになる川でなければならなかった
なのに歩いても歩いても
弛みきった冬の空がずっと続いているだけじゃないか
川といえる川などどこにもありはしないじゃないか

あの街には戻れないことをしてきたのだ
すぐにぼくだと分かるように
べとべとの言葉をそこら中にぬすくってきたのだ
いつだって崩れそうだった
皮膚もいっぱいいっぱいだった
三十年間もだ

あんなだらしのない土地でぼくはいったい何をしていた
のか
川から遠く離れた躰だった
ぼくの躰はずっと川音だけを聞きたがっていた
そのためだけに許されないことをしてきたのだ
あなたにも二度と逢えないことをしてきたのだ

道

雑木山の真上
空がもの凄い速度で流れていた
赤い前掛けを掛けられた
何十体もの飢人《うえにん》地蔵の並ぶ道

（せつないってどうゆうことなん?
あれはお前がまだ小学校の低学年だった
つい笑い過ぎたわたしに
（何が可笑しいんっ!
お前は立ち止まってわたしを睨みつけた
そのすぐプイッとはぶてた
はぶてた端からみるみる涙を浮かべていったのだ
それっきりもう
頑として動こうとはしなかったのだ

時々あの日の道の続きに立ちたくなる
お地蔵様のまっすぐに向いておられて
どうしようもない空だった
どうしようもない道だった
お前はいま東京の
ラフテーやソーキそばが旨いというウチナー料理の店で
毎晩遅くまで働いているという
もう大丈夫だからという

野分

帰りたかった

ただそれだけの悪戯《わるさ》
それだけの真実
草が来る
草がいっぱい押し寄せて来る
それは止めどなくやって来て
世界を黙らせるほどやって来て
ずっと一人だったんだなと思った
田舎は風が出ているんだなと思った
拠って立つ所を殺すように捨てておいて
それでも不意に駅に向かって走り出したくなる帰りたかった
微かに震える部屋の
血管《ちくだ》の熱
田舎にかけてみる
夜更けの中学校の
誰もいない職員室の電話を鳴らしてみる
けたたましく鳴り響くベル
音は廊下に漏れ
校舎を出てグランドいっぱいに響きわたるのだ
行かなくても分かる
昼間の雨を吸って赤みを帯びた桜の幹や
土手下のサイカチの葉を震わせて
音は向かいの杉山に跳ね返されるのだ
何度も何度も鳴らしてみる
都市の臨界から
その饐えた闇から
さみしい熱の粒を飛ばしてみるのだ

(『金田君の宝物』二〇〇四年書肆青樹社刊)

詩集〈草の人〉から

痛点まで

遠くで
草が騒いでいる
胸の中でもざわざわする
あれはたぶん
父に酷く叱られた日の
星明りの青い青い歩くだ
何度振り返ってみても
誰もいなかった青い青い歩くだ

あの野っ原の奥深く迷い込んで
カヤでいっぱい手を切りたい
アスファルトからの血をどくどく流して
自同律の根元を治したい
あ〜あ〜あ〜あ〜
あ〜あ〜あ〜あ〜
そうやって粒だった光の集まる場所まで
山の心音が低く響いてくるまで
一心に歩き続けるのだ

子供の時分は
八月の底力を信じていた
いいや八月の底力に何度も助けられた
何を謝りたいというのではない
草まで戻って
ただ深深と叩頭がしたい
夜がくるまでじっと動かずにそこに立って
青い青い歩くを見てみたい

聲の者ら

わたくしの躰は無数の伝聞《ききづたえ》で出来ている
孤絶者《こだえもの》のふりで

詩を騙ってはいるが
わたくしの言葉ではない
わたくしの韻律ではない
あれは歴史の外に追い遣られた
無告の者らの無念
わたくしはその聲なき聲を憶えてきただけの者
余白の熱も
ときどき行間が痛がるのも
あれはあの者らのものだ
異形と畏れられたあの者らこそが真に草を呼ぶ言葉を持
　っていたのだ
わたくしはわたくしの心奥で
弛緩し
跣で蹲っているあの者らの聲を
あの者らの眼を解き放ってやらねばならぬ
侮蔑と痛憤の日々を
今日的に雪いでやらねばならぬのだ
わたくしはそのためだけに生まれてきた者
この土地とあの者らとの
スリリングな隔たりをこそ生きる者
わたくしは詩を書く者ではない
ただの歩き筋くずれ
そこいらの突破者
だがわたくしの小さな揺れが
その度にあの者らを呼び覚ましてきたのだ
わたくしはあの者らの怨嗟の聲
いいやあの者らの最後の尊厳
わたくしはあの者らの本源的な揺れ戻しをこそ求めてき
　たのであり
わたくしの言葉は生粋の
あの者らの内言

これがこの夏の歩くです

都市の
淫蕩な路地裏で
裡なる草を

辺土の無言を歩いているのです
身内には読ませたくないことばかりを書いてきました
今日も通勤者の列から外れ
こんなことを続けていたら駄目になると分かっていて外
れ
切れ切れの歩くから歩くへ
やっとの思いで繋がっている〈生〉なのです
嘗ての門付け芸人や種種の振売りら
亙り歩いた者らの足運びが交じり込んでくる歩くなら
馬喰者や蟲師や砥ぎ師や修繕ら
その地ままな肌合いまでが絡みついてくる歩くなら
いいえそんな夢のような歩くを本気で望んでいるわけで
はありません
あり得たかも知れない自分を歩いたり
わざと何かにとり憑かれてみる歩くだったらそれでもう
十分です
あれは全て無意識がやったことです
と断固として開き直ってみせる歩くがわたくしの理想の
歩くです

わたくしに相応しい土地はあるのでしょうか
わたくしの歩くは過去からの支配なのでしょうか
どうか教えて下さい
いいえやはり教えないで下さい
噎せかえす真夏のアスファルトを歩きまくっていると
どこまでが今の歩いているなのか
どこからが過去の歩いているになるのか
それさえも分からなくなってしまうのです
だからといってわたくしを分析しないで下さい
わたくしを一括りにしないで下さい
わたくしの歩くはすでに
あなた方のいうところの単なる歩くではないのかも知れ
ません
それはもう誰にも治せない歩くで
歩くそのものを突き抜けてしまっているのかも知れませ
ん
大袈裟なんかではありません
だったらあなたが止めてみて下さい

草の夜

臭い立つような
てらつく路上はまだ生温かくて
都市の鬱など触らなくてもわかった
覆い被さってくるような
高層ビル群と
電波塔が癒着しているちょうどあの辺りが人を駄目にし
　ているのだ
立ち止まって
でも振り向かずに
ぼくは草からきたことを話した
時々どうしようもなく押し寄せてくる草の
そのことを話した
沈黙のその引き裂かれの中にも草がくるのだと
そのことを話した
あなたは黙っていた
でも黙られるとは正直思わなかったから
ぼくはまた歩くフリをしなければならなくなったのだ

その時
後ろから抱かれた
背中に
草がきた
都市の夜が
ずっと遠くまで止まって見えた

草の人

おぞましい吊り広告の
通勤電車の中でのことでした
やっとの思いで殺したはずの母が
ぼくの目の前に坐っているのでした
機嫌の悪そうな腫れぼったい顔で
吊り革にもたれたぼくをじっと見上げて
それから言うのです
政則！
草はまだか

夏の空はまだなんか
母さん！
何をやっているのですか
ここはあなたの来るところではありません
ここには草も夏の空もありません
あとふた駅も過ぎれば
そこはもう記号と嘲笑ばかりです
そこには窓がありません
そこには歩くがありません
戸惑うも、抗うも、
土語もシダの匂いもありません
いいえ母さん！
あれは遠い夏の日のことです
あそこにはもう誰も帰れません
（目を逸らせた母はぼくの靴の辺りを力なく見ている）
母さん！
ぼくはこれから仕事です
お願いですから次の駅で降りて下さい
草まで帰って
帰ったらすぐに手を洗って
それからもう一度死んで下さい
忘れないで下さい
石鹸でよく手を洗ってから死ぬのですよ

　闇の中の道具箱。
　竹細工の道具箱。

草の雨

じきに来る
ひと雨来る
清水と書いて
セイズイと読んだ
そこから来る
灌木の林に入ったまま戻らなかった
草がまだ凜然として草であった頃の雨が来る

書いてはいけないと
知っていてそれでも書いたのだ
書けば身内の誰かに
いつしか及ぶかも知れぬと分かっていて書いたのだ
空も懈く垂れ込めている
プランターで育てたオオヨモギが
雨を感じるのか幽かに揺れている

草からあたえられたもの
脹脛のあたりで憶えているもの
それは漂泊の果ての境界ということだったのかも知れぬ
その地境から来る
粘つく土習の闇を連れて
あんたらのまだ知らない
濃い夏草の匂いのするまっとうな雨が来る

草に倣う

サトの
凜冽な土地を想いながら
草に似せて立つのだ
あそこにはもう帰らない
あなたのことも二度と書かない
シャツのボタンを
全部はずして
そうやって新しい空の震えを覚えるのだ
(あれはわたしではない
(あんなのがわたしであるはずがない

サトの
脈動音がする
粗暴なるものを
もっと育てておかなければならなかった
全身が詰まる前に

その場で殴りかからなければならなかったのだ
なぜ黙っていたのか
何がわたしをそうやって翳らすのか

まただ
また都市の巨大な笑いが押し寄せてくる
もっと止まろうか
もっと草に似せて立とうか

エネルギー

1　母の細胞、その突破力。

逃がしたれぇや
母はトンボ捕りも許さなかった
どんなにか細い生命とも対等だった
夕方には垰を越えて
土方の男衆《おとこし》に交じって帰ってくる
母のエネルギーは
まだその姿の見えないうちから感じたものだ

火矢が上がる
六調子の太鼓が鳴る
だが一族の者は誰一人として町の祭りには行かなかった
天蓋切絵を揺らし
間断なく鳴り続ける大元神楽
大人がなぜ黙り込んでいたのか
子供なりになんとなく分かっていたのだ

あれはいつの夜だったか
星明りの庭先で
母がくるくると舞っているのを見たことがある
遙かな宇宙に向かって
わけの分からない言葉を散らかしながら
青白い舞いの奥に
遊歴した者らの影があり
指の先には幽かな希いがあった

舞うほどにあたりが明るんで
あの時母はなぜ跣だったのか
自分だけどこかに連れて行かれようとしていたのか
その夜のことは
ずっと躰の奥で熱り続けた

2　箕作りの音、躰癖。

真竹の三～四年物
表皮に静かな艶があり
デバリ*が小さくヨラ*の長いもの
そういう竹が最も好まれた
収縮と恨みを無くす為の油抜き、陰干し
細工師がすはだかにされる割り、節ぬき、削ぎ
そして縄文の昔からの網代編み、もじり編み、六つ目編み
作業の一つ一つは
あんなにも美しいのに
一族はなぜ坩を下ったのか
なぜ空に近づきたいという宿願さえも捨ててしまったのか
いつも
ぎりぎりだった
感じないように感じないようにセイカツした
それでも都市の皮膚にはなれなかったのだ
どこを歩いていてもなんかサトの方へと躰が傾いてしまう
アスファルトの道の
きのうの夜がまだべとついているのだった
サトの十一月
落ち葉の舞う中を登って行く
道ともいえない道を登って行く
いったん山に入り込めば
母の足に追いつける者など一人もいなかった
躰がだんだん熱くなってきた登って行く
なんかもの凄いものが流れているような気がする登って行く

喘ぎながら
光の束の降りている方へ
そして最後の登りは一気に駆け上がって
宙《そら》に突き出る

＊デバリは節の隆起。ヨラは節と節の間。

手紙

街に出て、
十数回引越しをしました。
仕事もたいてい長続きしませんでした。
時どきサトに、
嘘をつきに帰りました。
その度毎に血くだが、
硬くなっていったのだと思います。

いいえ、

どこかで叱られたいと思っていました。
田面《たのも》に映る山櫻のこととか、
草が吐き出している粒粒のこととか、
あなたのことも思い出しました。
地べたに倒れ込んで、
躰ごと擦りつけてやりたくなるのでした。

コナラ・アベマキ・ヤマウルシ。
クヌギ・ハゼノキ・ナナカマド。

本当は一族の無法ぶり、
その悪党ぶりに、
振り回されたかったのかも知れません。
街なかを歩いているのに、
切通しの垰を下っているのでした。
ショーウインドーに、
木苺の花がいっぱい咲いていました。
今日はとても良い一日でした。

それはじかに、
草を歩いているのとおんなじでした。
悪さを企んでいる時の、
いいや何ごとか無茶をやらかした後の、
母の不羈の目を思い出しました。

ありがとう。ありがとう。
あなたの手紙のおかげです。

雑草《あら》まで

ぼくの歩くから
また知らない誰かの歩くが聞こえる
だがもう気にするな
そうやって何度も立ち止まるな
ぼくといえるぼくなどもう何処にもおりはしないのだ

時々は知らない手で詩を書いていた
知らない誰かの
距離や斥力を
性癖や悪意を
直向きや光合成を使って

(草に呼び出されたのかも知れぬ)

そこが野っ原だったから
ぼくは倒れ込みたくなったのだ
たまらなく帰りたくなったのだ
そうやって遠い日の土の匂いを嗅いだ
蹠《あしのうら》を日光消毒した

目笑

瀞《とろ》に向かって一回お辞儀する
瀬に向かって二回手を叩く
淵に向かってもう一回お辞儀する

魚捕りの前の
それが川筋者の習わしだった

ゴリ（ヨシノボリ）・テンキリ（アカゲ）・ドロバエ（アブラハヤ）
イダ（ウグイ）・ギギュウ（ギギ）・ハンザキ（オオサンショウウオ）

瀬わきに立って
人知れず一族の礼拝作法《おがみかた》を真似ていた時だ
あの知っていると言っている目
土手の上に
Nが立っていた
同級生のNに見られていた

今でも時々
胴顫いがくる
在来線の改札口に並んでいる時とか
あてもなく歩いている大通りの角でとか

ばったりあの日に出会うんじゃないかと思うことがある
サンジュウネンイジョウモマエノカワラナノニ。
イイヤ、カワラニジコウナドアリハシナイノダ。

この頃よく
必死になって川底に何か沈めている夢を見ていたのも
そのことだったのかも知れません
あの日の川原ぐらい
川原が川原であったことはありません

遅れる

わからんが
なんでかわからんのだが
遅れる
郊外線のバス停から
都市銀行の看板から遅れる

人々の底意から
この街の犯意から
ありとあらゆる記号から遅れてしまう
なんでこうなのか
ぼくはいつだってど正面から
どうすれば詩を清潔にできるのか
そのことだけを考えた
そのためだけに歩き回った
だからなのか
ぼくは川から遅れる
身内の期待からも遅れる
黙っていたことの疼きから
姉さんの手紙からも遅れてしまう
一千年の独りが晒され
独りの微熱だけが残る
ぼくは街角のいたる所に設置された
〈今日も見られている〉から遅れる
〈今日も記憶されている〉から遅れる
物語など要らない
地勢図にも頼らない
なのにだ
なんで遅れてしまうのか
ぼくはヨルダン川西岸ベツレヘムの
たった十六歳で自爆した少年の日記から遅れる
今も夜が来るのが怖いという
ファルージャの女の子の願いから遅れる
遅れてはいけないものからも遅れてしまう
空はこんなにも
素晴らしく晴れ渡っているというのに
ぼくの心はまだ
夕べの校庭の隅っこに突っ立っている
雨の中の鉄棒をじっと見つめている

亡郷症

安ホテルの裏窓から
爛れた路地の

都市の七月を眺めている
痛みを感じない場所など
もうどこにもありはしないのだ
不意にぼくではないことに
ぼくが立っているのではないことに
激しく気づく
無数の他者が
知らぬ間に雑じり込んでいたのか
これからずっと
ぼくはぼくに怯えながら生きていかなければならないの
か
見上げてみても分からない
力のない空
半存在のぼく
痛いのに分からない

風合瀬谷
声に出して言ってみる
地名のことではない
告白したいのでもない
それは胸の中の〈うすいみどり〉のことで
時々確かめずにはおれなくなる〈うすいみどり〉のこと
で
風合瀬谷はまだ在るか
ぼくは息を止めてみたりするのだ
それは埣を下り終えたところの七月
葉変わりを終えた真竹の藪
あれが生きている〈うすいみどり〉だ
みなで立っている〈うすいみどり〉だ
かつて一族の細工師たちは
網代編みで　千鳥編みで　御座目編みで
〈うすいみどり〉を編み込んだ
箕　篩　笊　背負籠　筌　魚籠
〈うすいみどり〉を編み込んだ

障子窓の奥からじっと覗き込んでいるような、あの好奇と冷笑とが綯い交ぜになった目の色が。日がな一日地べたを這いずり回って、泣きたいくせに笑って突っ立っているようなそんな津軽が、わたしはずっと恥ずかしかったのでした。いいえ御免なさい。今のは忘れてください。本当は津軽どころか、わたしは何とも向き合ってこなかったのかも知れません。きっとそうです。母とも疎遠な子供でした。いつも強張った笑みで、誰にも自分を晒してこなかったわたしこそが、津軽そのものなのかも知れません。

そう言ったきり、鶴田さんは黙ってしまいました。五所川原の町も黙ってしまいました。ぼくも黙って歩きました。雨も降りそうで降りません。それから暫く歩いて、滔滔と北流する岩木川に突き当たったのです。

ここらで引き返しましょうか。乾橋の袂で、鶴田さんは立ち止まってそう言いました。その時です。ぼくはなんか得体の知れない気配を足元に感じました。見渡すと五所川原の町全体が、微かに蠢いているのが分かりました。津軽です。手のひらがだんだん熱くなって津軽でした。もしかしたら、ぼくの躰が津軽と共振《ともぶ》れているのでしょうか。なんか地底《ぢぞこ》に引きずり込まれていくような、空恐ろしいエネルギーを感じました。それは愚昧な因習とかではなくて、今もべらべらと喋り続けている夥しい死者の眼だったのかも知れません。岩木川（の氾濫）にやられ、「山背」にやられ続けた津軽衆《し》の、稲（の支配）への恨みだったのかも知れません。

もう歩いた端から津軽でした。まつろわぬ者たちの影も、距離を置いてついて来ているのが分かります。昨日もお岩木山をくるむように、フジやキリの紫の花が咲いていました。ニセアカシアやトチノキの白い花も咲いていました。そんな甘い香りも一緒くたになって、生々しく濃密な津軽がついてくるのです。

「鯵ヶ沢」「千畳敷」「風合瀬」「驫木」「追良瀬」「深浦」「艫作」「陸奥沢辺」。漁りの地霊達もぞろぞろとついて来ます。それは雑じりっけなしの津軽でした。もう抑えの利かない津軽でした。

立ち止まって、目を瞑ってみると、ときコ（時空）を超えて、ばっちゃもじっちゃもおどもおがもおめもわも、みんなして歩いているのです。辺りはもの凄いふぎ（吹雪）になって、微かに聴こえるじょんがら連れて、さんびぃ（寒い）津軽がついて来るのです。

五所川原の駅が見えてきました。角の「平和食堂」の看板も読めます。帽子を目深に被り直した鶴田さんは明日からまた会社勤めで、若い女の子のように胸のところで小さく手を振りました。ぼくは明日の朝早く「タケ*」の小泊までバスに乗って、そこから「鶏小屋に頭を突っ込んだ*」ような竜飛の聚落まで、もしかしたら歩き抜くかも知れません。

*太宰治「津軽」より。

大阪

アスファルトの頻脈
この道のどこまでがコードで
どこからが本気で来るのか
なんか酸素がうまく取り込めないというか
二酸化炭素が捨てきれずに溜まっているのが分かる
大阪。
雨上がりの水溜りに
雲や道路標識が映っていた
近づくとぼくも映った
あいりん地区で。

ティッシュが配られ。ティッシュが配られ。
大阪が来る。猥雑が来る。十方から来る。
中東料理のファーストフード店
地下に下りていく南米のダンスバー
〈じらしといじめの〇〇エステ〉
こてこての看板が押し寄せてくる

風営法違反をすり抜けて
入管難民法違反を掻い潜って
土足が来る。淫裂が来る。おらびながら来る。
これがあの〈宗右衛門町ブルース〉なのか
これが蓮如が名づけたという町〈大坂〉なのか
ぼくはなんか淋しくなる
大阪は軽い眩暈
大阪はぼくを置いてきぼりにする

グリコネオンの戎橋
首を振りながら那覇っ。那覇っ。那覇っ。
異能の詩人〈吉増剛造〉が歩いていた
どこへ行かれるのですかと尋ねると
〈折口信夫〉の裏返った声を捜しているのだといわれる
ぼくにはその意味が分からない
すれ違いざまのハングル語。タガログ語。中国語。
それに被さるように那覇っ。那覇っ。那覇っ。
ぼくはなんか嬉しくなる
無性に誰かを呼んでみたくなる

なのにだ。
名前がどうにも出てこない
たった一人が浮かばない
ぼくは誰とも繋がっていないのか
それとも誰からも忘れられているのか
大阪は饐えた不安
大阪は日々膨張しているという

複数の自分を使い分けて
メールが配信され。メールが配信され。
大阪が来る。匿名が来る。ぶつかりながら来る。
占領とは何か
そんなことは訊かないでくれという
劣化ウラン弾とかクラスター爆弾とかいわれてもよく分
　からないという
アフリカのこども兵のことや
東南アジアの児童労働のことならテレビでやっていたけ
　ど
でもそれはわしらの所為ではないという

オッサンここはミナミやで
終いには声を荒げて凄みだす
大阪は止まらない
大阪は破れている
八百八十三万三千八百九十三人*が一度に喋りだして
大阪はわや。
大阪は十二月だという。

*二〇〇三年十二月一日現在。

川まで来ると

募金ビジネス。
親に殴られるこども。
ヒリつく土地の
痛ましい夕暮れを歩いて来た
区民文化センターの視聴覚室では
〈我が子との関わり方〉の講習会が開かれていた

何が恥ずかしいことなのか
そんなことはもう誰にも分からない
何よりも言葉への疑心
いいや裏切り
いつ頃からか誰とも目を合わせられなくなった
空とのバランスがとりにくくなった
独りだった
川口の一番長い橋の上で。

もっと遠くを目指していたのではなかったのか
こんなんで人が立っているといえるのか

爛熟した消費資本主義
世界は内面を失いながら硬直を続けている
川面を覗くと
何棟もの集合住宅が淋しげに揺れていた
ときどき
この街のいたるところ
弱った草を感じる

草の微熱を感じてしまう
想えばこどもの時分も独りだった
道端のスイバを齧りながらずっと独りだった
河川敷に下りて
恥ずかしいと声に出してみようか
そのままぶっ倒れて
草のこどもに戻ろうか

僻遠の夏

ぶっこわれている。
躰で覚えてきたこと。
青空。
しだいに川幅が狭くなっていく
下りてみたいけど
こんな所からどうやって下りていたのか
〈不潔な朝だった
〈電脳信仰の傷んだ街だった
〈分裂を続ける交差点をやり過ごして
〈あの工場とも倉庫ともいえないようなところで
〈私たちはいったい何をさせられていたのか
〈自分の影を踏みつけてからでないと家にも帰れない
〈淋しい記号のような人々だった

道が静かになる。
ヒメジョオンやベニバナボロギクがいっぱい咲いていた。
〈ラジオ体操の歌〉までの道。
真空管までの空。
久しぶりに雲が湧き上がるというのを見た。
なのにだ。
なんか上手く歩けない。
全部で歩けない。
道が止まる。
そこで吐いた。
泣きながら吐いた。

どこに行こうとする躰なのか。
あなたからも遠く離れてしまうのか。
分からないまま吐いた。
ヨモギも長けたいだけ長けていやがる吐いた。
ずっと上の方で、
缶カラを蹴った音がしたような気がして、
夏だった。
青空だけだった。

たちあがる八月

最近なんかつまらない
均質化され記号化され
だんだん硬くなっているみたいでつまらない
皮膚感覚だとか
癒しとか
なんか胸が悪くなる
もっと周縁者の土性骨を
もっと草の細胞をこそものにしたかったんじゃないのか
やっぱ八月の脈動だよなって思う
八月にさえなれば
冷房ギンギンの喫茶店にしけ込んで
内感のない血脈のないあいつらを打倒する
パソコンに突っ込んででもいるような
その病んだ領域を
ボールペンでぶっ潰す

そうやって店から外に出た時の
あのカーッと迫りくるやつ
やっぱ八月だよなって早く言ってみたい
誰もが粗放になって
どんな言い訳さえも赦されて
故なく侵入する実行正犯のいない共同正犯の午後
八月の素顔は恥ずかしい
あのいやらしいの先っぽに早く触りたい
直情の無防備で

一人称の猥らで駅へと向かう
やっぱ汗だくの八月だよなって早く思いたい

雑木山

何もかもを
忘れてしまいたい午後がある
もっと過去の方へと
歩いて行きたくなる不思議な光に出会うことがある
それは遍歴した者らへと繋がる道なのか
それとも足踏みオルガンのもれる窓なのか

ぼくの目はどんよりと曇っているだろう
劣化したコンクリートの建物が
傾きながら重なって見えるのだろう
橋がなぜこんなにも遠いのか
どこかで分かっていたのだ
いいやずっと分かりたくはなかったのだ

それでも四月だった
足もとの新しい四月だった
あの雑木山のどこか
なんか懐かしい声のする場所があるような気がして
ぼくはまた歩き始めたのだ

まだ大丈夫なのだと思う
うすいみどりを
ぼくはただの一度も疑わなかった

娘たちへ

あれが
朝の光だけを集めている草の一叢だ
その葉裏に密生する綿毛に
柔らかな光の波を溜め込んでいる蓬の一叢だ
ノイズまみれ、電磁波まみれの、

薄汚いビルとビルとに挟まれたみっともない空地
なのに凛として集《つど》っているだろ
そこだけ周りより明るんで
生まれたての世界のように溢れているだろ
その素《す》のままの輝きで
その清潔な生きる軸で
ずっと待たれていたような気がしてくるだろ

失ってもいいのだよ
全部。

（『草の人』二〇〇六年思潮社刊）

詩集〈ちかしい喉〉から

どうよ。

年になんどか
お山に入ってアソブ
（習わしにしたがって
声をかけながらやぶを漕ぎ
さわを跳び
おねを走り
テンバ者になって歩き回る
（お山では捷いよ、悪いけど
くたびれたら菓子パン食ってそこいらで、寝る
どくん、どくんと
母胎に還っていくように、寝る
もう何代も前から受け継いでいることのような気がする
し
そうしないと躰が自分のものではなくなってしまうよう

な気がするし
うごっ、ぐわっ、ごぼっ、
夜にはそちこちから音がもれてきて
六千の星星からもいろんなものが降りてきて
艸も押し寄せてくるわ、樹木も寄ってくるわ、
そうやってにぎやかないのちの闇に
一晩中さわられながら寝るのだし
時々ぶつかって行くものもあるし
お山の朝が甘いことも知っている
（禁足地だけは注意深く避け
また尾根をはしり
沢をとび
藪をこぎ
そうやってこすられたり散ったりしたアソブで
繁華な街なかに帰っていくのだ
ついさっきまで
お山の一部であったものに気づくのはおらんのか
あんたらどうよ。
おらおらどうよ。

餅なし正月

正月さまが近づいても
一族の者は餅を搗かなかった
竹箕にシダの裏葉をならべ
里芋、大根、昆布、干柿、搗栗《かちぐり》、
そうやって正月さまを飾っても
餅は供えなかった
セチ餅は誰も食べなかったのだ
其の土習の
なぜかは知らない
きいてみたこともない
（物忌みのふるごとなのか
（其れともイネの王への抗いなのか
じつは未だに
其のなぜかを知らないでいる
知らないのだけれど

餅なし正月
其の言葉のひびきを愛しんだ
街へ出てからもずっと
其の脈だけは守りつづけた
食べないことで
祖々と繫がりつづけたのだ

餅なし正月
其れは清げなる朝のにほひ
稔《とし》の区切りは磨かれつづけて
しづやかに青み立つ

蠢動

産廃の
不法投棄の現場とかしたムラの野末
境界石のねきで
かすかに蠢くものがある
蟲などのそれではない
野風のわるさでもない
あれはかつて
そこいらを通った山流れの
よそから亙り来た素ッ破者の
怨えるあてさえない者らのあまたの喉だ
あるいは同火を忌まれ
度外に置かれ
蔑まれた者らの生しい聲の断片だ
そいつがいま
春のけわいに誘われ
ごぞり、もぞりとやっているのだ
艸の先を読もうとしているのだ
経巡る聲どもを
頼りの耳目どもを
さらに呼び寄せているかのような
その無碍の肌合いを
その興ふかそうな面構えを
鍛え抜かれた足底筋のことをおもう

間道をひたぶるに流れ歩いた者らの
その時時に犯した咎や根無言の
指先のさみしいをおもう
——御同朋、御同行、
無名《むみょう》のまま野捨てられた
あまたの生しい喉、
あまたの指先のさみしい、
いいや蠢きはそれら鬱屈の一切を
一気に噴出する機をうかがっているのだ
だから見ろ
艸は無始へとなびきだし
野風はそこに向かって流れ込み
辺りに不穏な明るさがうまれている
地ぞこから光子をあやつっているような
あのさやかな溢れはなんだ
足もとから湧き上がってくるこの漲るはどうだ
そうやって艸をくりかえし、
また艸をくりかえし、
蠢きはいやましにひと塊になって
いいやハッキリとひとつの聲になって
いままさに
一聲を発しようとしているのだ
随うほかはあるまいて

＊蠢動の語には、蟲などの蠢きのほかに、とるに足りない者らが策動したり騒いだりすること、とある。

古郷《ふるごう》の月

のの様を拝みんさい
満月になると
こどもらは外に連れ出され月を拝まされた
なんまんだぶ、なんまんだぶ、
そうやってよく拝んでおけば
死んでからもここの艸でいられるという
そういう土風《くにぶり》だった

だが
この土地はもうわたしを守れない
のの様にも守れない
そういう躰になった
ムラのみどりの雨をうたがい
粗で、遊なものをうたがい
そういう躰になった

艸のあらかたはわかる
シャツを脱いで
青白いひかりに躰を透かせてみる
モロムキのように濡れてみる
そうやって
だれにもけどられない眼をこそつくるのだ
のの様にもあきらめてもらうのだ

静かだった
こういうのが静かというのだった

どくん、どくんと
躰ごと脈うって
この冴えわたる月光の下
いまわたしをひいやりと抜け出ていく者らよ
歩くことに淫した群青の者らよ

＊モロムキ　羊歯の古名。ヘゴともいう。

橋がくる

泪はながれなかったけど
もっと深いところのものがながれた
地そこから突き上げてくるどす黒いみどり
制外者《にんがいもの》の血が逆巻くのか
それともムラごとびしょ濡れているのか
橋だった。
いつか一族総出で見送ってくれた朝の
あの正しい橋のまんまだった

艶めく艸と
蛇いちごの赤い実
橋の袂を右にとれば
蛭谷系を名のる木地師の聚落がみえてくる
その先の垰を越えればカナクソだらけの踏鞴道となる
（想えばそういう土地柄だった
だが、橋を渡りにきたのだ。
いいや橋を渡らなければもうどうにもならない躰だった。
どこかでカラ類が鳴いている気がつくと走り出していた
　どす黒いみどりあとは要らんことだ。
お前に嘘をつかせてすまなんだそれが最期の言葉だった
三躰の飢え人地蔵に野花が供えられ。
バタ屋のスン死んだ雪枝お正信偈が聞えるいま裔《すえ》に並ぶ
　喉が熱い痛いつんのめりそうになる。
橋がくる。
橋がくる。

＊カナクソ　鉄をつくる過程で出るカス。鉄滓。

島の宝

一九九一年十一月八日、沖家室島の小学校の校庭から、二宮金次郎像を盗んだのはわたしです。わたしがやりました。今さら言い訳などするつもりはありませんが、なぜあのような度外れたことができたのか。その犯意がどこにあったのか。未だに当のわたしにもわからないのです。はじめから銅像を盗もうと思って島へ渡ったわけではありません。そこにアーチ型の美しい橋が架かっていたから、つい渡ってみたくなったのです。何気に小学校近くに車を止め、人けのない校庭に入っていったのが間違いのもとでした。眼が、合ってしまったのです。台座の上の金次郎像と、眼が合ってしまったのでした。あれがいけませんでした。あれが全てでした。節倹と陰徳を説かれた、尊徳先生の少年時代と、眼が合ってしまったのでした。たじろぎました。じきに動けなくなりました。その涼やかな眼に、わたしはじっと覗き込まれたのです。激しく見られたのです。それが許せませんでした。なんか猛烈に腹が立ってきました。わたしはわたしの何を見られたと思ったのでしょうか。わずか一メートルあまりの銅像に、いったいわたしの何が見えたというのでしょうか。闇を待ちました。わたしも闇になるのを待ちました。それから何をどうやったものか、気がつくと金次郎像を車の後部座席に乗せ、わたしは橋を渡っていたのでした。それが一部始終です。後悔はありませんでした。あれから十五年が経ちました。誰もがフリをしているだけの都市で、いいえわたしもフリをしていただけの十五年でした。そんなある日、沖家室開島四百年の、小さな新聞記事を見つけたのです。どきりとしました。ばれたと思いました。わたしはその時はじめて、島のことを少し知ったのです。約一平方キロの小さな島であったこと。現在の人口は一二九世帯、一八七人であること。そして何よりも、島に人が移り住んで今年が開島四百年に当たること。たまらなくなりました。その一字一字が容赦なくわたしを貫きました。躰中の筋脈が萎えていくような、恐ろしい崩壊感を覚えました。どうしてあのような恐ろしいことができたのか。わたしはそれまでも、いいえそれからも盗みを働くような人間では絶えてありませんでした。そのくらいのものは躰がちゃんと持っておりました。なぜあのような罰当たりなことをしてしまったのか。思えば眼が合ったという以外にも、校舎を赤く染めた夕陽と金次郎像との、あの美しい調和が許せなかったのかも知れません。わたしがあのようなものとは無縁であることに、どうしようもなく苛立ったのかも知れません。いいえそんなことはもうどうだっていいことです。わたしが金次郎像を盗んだという事実に、何の変わりがあるでしょうか。

お返しします。島内外の、沖家室びとの精神的支柱を、島の宝をお返しします。お許し下さい。そしてどうか忘れて下さい。これからは小学校になど近づきません。金輪際。

＊沖家室島は周防大島の属島。盗難にあった二宮金次郎像は二〇〇六年七月三日、十五年ぶりに旧沖家室小近くの町道脇で発見された。『沖家室開島四百年記念誌・きずな』（沖家室開島四百年記念事業実行委員会編）参考。

ミツイシ

センセイにはがっかりしました　いいえそれ以下です　センセイはがっかり以下でした　あの時センセイが慌てられたミツイシを　ぼくは知っているのですよ　ミツイシは空音ではありません　男女の態でもありません　あれは燃えあがる一軒の家　炎によってくる蛾の群舞　センセイはそのことに　気づいておられたはずです

センセイはもう以前のセンセイではありませんでした

その話しぶりもどこか不潔で　捩くれた悪意さえ感じました　それには気づかぬフリで　ぼくがへらへらと笑っていたからでしょうか　オ前ガソウ言ッタト噂デ聞イタケド　本当ノトコロハドウナンダ　あの時センセイは同じことを二度訊かれました　それはセンセイ自身がそう思っておられるということです　その　人をなめ切った驕慢な態度といい　濁った眼の奥のうすく笑っているといい　血くだが煮えくり返りました　いいえ血のかたまりのような躰でした　ぼくはぬるりとしたものがいつ口から漏れ出すかと　気が気ではなかったのでした　そんな闇など　気づきもしないというふうで　まったくセンセイには胸が悪くなりました　いいえそれ以下です　センセイは胸が悪くなる以下でした　ぼくは知っているのですよミツイシを　ミツイシは土地の名ではありません　人の名でもありません　あれは爆ぜながら燃えさかる一軒の家　化けもののように暴れまくる黒烟や熱風の動勢　それこそが死者たちの願いです　家が叫びながらみるみる燃え落ちていく　それこそがミツイシの正しい姿です　センセイ　事実とは何でしょうか　いまさらミツイシの原意を解き明かそうとされても無駄なことです　ミツイシは調べようがありません　ネットでも検索できません　だからといって　このまま隠しおおせることでもありません　ミツイシはじきに作動します　もう誰にも止めることができません　ミツイシは一つの覚悟であり　非合法の単独決起であり　それ故に美しい宣言なのですから

センセイ　おぼえていて下さい　センセイが慌てられたミツイシを　ぼくは知っているのですよ　あの時死者たちの眼も　遠くから気色取っていたのですよ　ミツイシ

にはノガルがありません　イヒヒラクがありません　あれはひどい焼け方です　群がる蛾もつぎつぎと炎の舌に巻かれ　ジジッジジッと焼け死んでいく音や　その臭いまでが届いてくるようです　あれは誰にも止められません　誰にも近づけません　いいえそうやってただひたすらに　ミツイシは打倒されなければなりません

習作ノオト

＊

夜行バスのなかに
傘をわすれる
わざと。
そのためだけに乗ったのだ
窓ガラスに顔をくっつけて
街のあかりがおそろしいスピードでちぎれ飛ぶのを見て
　いた

今が過去になるその瞬間を見ていた
そこに交じり込んできた現象
何かおおごとでもやらかしそうな
橋詰めに確かにいた五六人はいた六尺棒を突いて立つ者
ら

＊

黙っていても
不潔なのだ
戻りたいあの頃などない
ゆくりなく会いたい誰かもいない
それがさらに不潔なのだ
だからといって
なんでこんなところに突っ立っていなければならないの
か
ときどき自分を言いふらしたくなる
言いふらしながらぶっ倒れたくなる
公園の水道で
足でも洗ってみようか

＊

それだのに
なんか爛れたことをしたくなる
「遊」という語の暗がりに
淫らな聲を突っ込んでみたくなる
向いていようがいまいがこの街で暮らしている
竹の雨樋やムシトリナデシコ
「迷ったら数珠をしっかり握っとけ」
憶えておかなければならないことを憶えてこなかった気
　がする

＊

また隣のおんなのこが泣いている
母親に怒鳴り散らされ
しゃくりあげて泣いている
日曜の朝だというのに
いま、たたかれた
どうしようもないきょうぼうなものがふくれあがってく
　る。
にえきったどすぐろいものがからだからぬけでようとす
　る。
あのこがよんでいるなのにたちあがれないまたたたかれ
　た。
同居人が窓を閉め
歩きに行こうや、という

＊

にしてもだ
行間の不熟が気になるからではない
打ちことばがいよいよ主格を薄めているからでもない
鬱のこどもが増えているというから
雨を見に
下りの列車に乗ったのだ

ひと意地

その言葉を忘れたわけではないのだが、
まっとうな顫えというのがなくなった。
川おろしがくる彼岸花が一斉にくびを振っている。

ひと意地もて、と母はことある毎にいったものだ。
「ハレ」の日にはこどもにまで酒を飲ませて。
どの艸があなたなのか。

その日の命はその日のうちに使い切る。
それが生活信条のひとだったいつも躰だけだった。
川に下りて、思いっきり顔をあらう。

いにしえびとは「ち」の一音で霊力をあらわした。
「さ」の一音で境界をあらわした。
ひなたとひかげの境にチョウの道がある。

蔑んでいる眼というのは見なくてもわかる。

それ以外は何もおもわない。
手の甲を噛みちぎってみる血がでるでるどくどく。

書かなかったのではない。
書かないことで書いているのだ。
そうゆうてやれゆうてやれと睨んでいる艸がいる。

行方知れず

嫌がるあなたを
コンクリートの橋桁に圧しつけて
ハズカシイ、といわせたい
ぼくは何もいわない
絶対に。
わかっている
いえば青空が台無しになる
五月の震えさえものがしてしまう
ま昼の、いいかげんな艸の息に、

川瀬の目映いひかりにじっと耐える
あなたに、ぼくの目は見えない
杉山の匂いだけがあなたの背後にひろがる
ぼくはぐしょ濡れた指先の無言からどろどろと溶けて
そのまま日向の行方知れずになりたい行方知れずになり
　たい

ひかる石

川原の
石になりにきたのです
石になって
自らは動かぬもの
ことばにも頼らぬものとなって
ハエ（ハヤ）やイダ（ウグイ）の尾びれを
銀色に笑うネコヤナギを
じっと眺めていたいのです
そうやって小さきものの
その顫えをこそおぼえるのです
一切の気配を消して
形ばかりになって
それからじっと夜を待ちます
鉱物の祈りまで待ちます
ここには不要なものはありません
不足しているものもありません
鱗珪石の結晶に
星明りが降り注いで
閉じこめられていた光の記憶が
わらべらのこゑや昆虫のにほひが
川原であそびはじめるのを見るのです
そうやってどこにも帰れないものとなるのです
石の秘密だけを頼りに
宇宙の息のただ中に
ごろっと転がってみるのです

夜の公園

何なのだろう
遠いムラの筋肉が
萎えているのだろうか
それともこの乱費な夜の弛みに
耐えられなくなってしまったのだろうか
そのどちらをも生きなければならない躰なのに
（わたしを消し続け、わたしは消され続け、
どう言うのだろう
尻たぶが地面にくっついて
躰の半分がすでに土の湿りだった
自分の気配さえ消えてしまったかのように
動けないのだ
（いいや動きたくはないのだ
いつ頃からここに坐り込んでいたのか
それさえもうわからない
何なのだろう
いま行ったのは
直ぐで、野なものに、
確かにぶつかられたような気がした
（いいやわたしの裡から出て行ったものかも知れぬ
つぶれた大粒の雨が
ぼたぼたと落ち出してきたけど
誰のことも思い出さなかった
どう言うのだろう
この遠くからくる光は
沁みだした水があちこちで洩れ落ちる隧道の
かそけき光のことなのか
それとも真竹の藪にあたり散らした
腰鉈の殴りの痕だろうか
何なのだろう
あのゆれる光は
（わたしはそこに還ろうとしているのか
ひいやりとした土間にしゃがんで
こどもらの足を濯いでやっている誰かの手
光っているのは昔日の
小盥の水

山犬

トタン葺きの廃屋から
かすかにこどものこえがする
兄弟でなにやら言い争っている
「兄ちゃんのほうが大きい」
とか言っている

石段をのぼり
玄関のガラス戸を開ける
誰もいない
障子戸もとっぱらわれ
襖がひとところに立てかけてある
柱に、画鋲で止められたバスの時刻表がみえ、
いいやいる
ひんやりとした土間で
こどもが竈《くど》で火を焚いている
薪をくべ、
また薪をくべ、
いっしんに火を焚いている
燃えさかる火の穂が
こどもの顔を照らしているのがわかる
バキッ、
またバキッと薪が割け
そのたびに記憶の底面がずれた
この土地の何を畏れていたというのか
独りも出自もとっくに知っていた
親の目を盗んで
淫らも艸の汁も一緒くただった

はかしょ。
やきば。
なべやま。
垰の向こう側で
いきものの気配がする
何ごとか覚悟を決めて
群れて熱り立っているものらがいる

こっちに向かってくるのかも知れない

名のるひと

うすみどりの風が
街なかをわたるころ
近くのスーパーのレジに
背の高い女のひとが入った
躰のどこかに
えくぼのようなものを残すひとだ
何気に名札を見ると
〈李〉
とあった

い。
り。
どちらもいい音がする
名札は何かに抗う、
というのではなくただそこに、
あるがままに凜然と名のっているのだった

何ヶ月かして
その人をぱったりと見かけなくなった
レジのあたりがなんだかうす暗い
悪い時代がきている

桃を買う。

わたしではありません

隠してなどいない、のに隠している
ときどき自分ではないこともしてしまう
でも恥ずかしいとは思わなかった
声に出したいとも思わなかった
どういってみたって
まと外れなのだ

歩くだけが頼りだった
わからないけど知っているのだった
歩くは小さな声であり
川瀬のまばゆい光であり
アオバエのたかるどでかい牛に会いに行くことであった
歩くという行為はそのように
正直な喉になることであり
口づてであり報復であり知であり
祖々を畏れながら棄て続けることであった

姉さんが死んだ
五十五歳で死んだ
手も、足も、顔も黄色くなって死んだ
年間二百冊の読書のひとは
モンキチョウになってムラに帰ろうとしたのか
葬儀万端、
そのいちいちがうるさかった
それはどうでもいいことばかりだった
(きみょうむりょうじゅにょらい　なむふかしぎこう

……
「正信念佛偈」のお勤めがはじまる
一般会葬者の列の最後に
見覚えのある者らが固まっていた
皆、そ知らぬていで
一度もこちらを見ることなく帰って行った
その無言に、すがりつきたかった

誰に手紙を書けばいいのか
饐えきった息の都市の夕ぐれ
ヒトビトはめいめいさみしい点滅になろうとしていた
歩くしかなかった
いいやただ歩けばいいのだった
どうしても言わなければならないことなど
もうどこにもありはしないのだ
わかっている
わたしの躰はいよいよ嫌なものになっている
でも姉さん
どうというほどのことではありません

どこにいてもそこはわたしという場所ではありません
いつの躰もわたしといえるわたしではありません

背後の空から降ってくる

セメント瓦の廃屋
石切り場のあと
うすく遍満するひかり
もう存分に生きたというのか
この土地はすでに
内から湧きあがるという力を失っているかに見える

錆びついたコンテナの向こうに
おとこがいた
ひとり屑鉄に囲まれ
ドラム缶に火を焚いて手をかざしていた
どこが、というのではないのだけれど、
何の不安も匂わない、

世間には棲まない人のようだった。
くちべたな、
でも隔てのない、がわかる。
いっしょに火にあたらせてもらって
なんでもない話をするのもいいし
べつに黙っていてもすむ人のようだったけれど
かるくお辞儀をして通り過ぎた

眼下に
蒼ざめた街が見えてくる
また躰のどこからか
硬くなっていくのがわかったのだけれど
にぎやかに棄てつづけている
世間の方へと下りていく

那魯灣《ナロワン》渡暇《リゾート》飯店《ホテル》筆記《メモ》

オーストロネシア語族の移動の中に、

（数千年の昔、
（遅れてこの島に這い上がった者らの中にわたしの踝が
　なかったか。
道ばたに煉炭の欠けらがころがっている。
バス停の前を粟の穂を担いだおんなが通り過ぎる。
ひそまりかえった山奥の社（聚落）は、
そのいちいちが眼に良い。

　台北でみた夢、獣の森、

なまめくけはいがする
もう、じぶんのことがわからない
おんなはそうおもった、のかもしれない
はこがたのしょいこをきのねかたにたてかけ
おとこはたびのこまものうりのふうであった
おんなのあしの、
しろい、いけないが、
ひえいだいらのやみをながれていく
あっ、いぬ、
こえにはならないこえもしどけなくやみをながれていく
あわれんでいるような
なめまわしているようないっぴきのやまいぬの眼。
そのみじろぎの、もどかしいが、
このわたしだった

　烏來郷《ウーライ》

日差しの中に
たまる時間がある
ここには見たいものがある
店頭に吊るされた山バナナ
蒸したタロイモ
銀紙で蓋をした〈竹筒飯六〇元〉
〈大腸　小腸　包五〇元〉
その眼には、氣づいていた、

バスを降りてから、ずっと、
肥肥（太っちょ）の阿婆がこっちを見ていた
こんな時どんなツラでいればいいのか
なにげに眼を合わせて
かるく頭を下げたい、のに下げられない
おぼえていない、のにおぼえている
日本人、であることの不快
（不意に般若豊少年の苛立ちがよぎる
（どこからか索道の発動機の音がする
遠くどろっとした闇のかたまりが
死者たちのあまたの喉が
いま阿婆の眼に映じている
その無言の嵐に、
さらされるために、
この島に呼び寄せられたのかも知れなかった

＊般若豊　埴谷雄高の本名。埴谷は日本統治時代の台灣で幼少期を過ごした。

平溪線老街散歩

商店街の店さきで、男がオモチャのお札を燃やしていた。身ぶり手ぶりで尋ねていると、どうやら神様へのお供えものであるらしい。強い朝。どこからか臭豆腐を揚げる臭いがする。

臺北車站（台北駅）から瑞芳車站まで特急に乗る。指定席を見つけると、もう誰かすわって目をつむっていた。行商風の老女だった。床に置かれた荷物も膝に抱えた荷物も、どちらも善良だった。

瑞芳で平溪線の一日周遊券を買う。五四元。異郷の聲氣にあらがうように、「ベンターン」「ベンターン」の甲高い聲が近づいて来る。五〇年の遺響。女が首からかけた箱には「便當」の文字。

終点は菁桐車站の改札口を抜ける。何かをあきらめたような、この薄いひかりならよく知っている。そこはかとなく近しい喉も感じる。土の道があった。濃い共同体のあるのがわかった。

どの族群になるのか、屋根も壁もタールで塗られた黒い家。男が外のいすで、丸まって足の爪を切っていた。一枚撮らせてと頼んだが、軽く手で否まれた。橋のところで小學生を乗せたバスに手を振る。

線路沿いに三時間ほど歩いた。基隆川とときどきならぶ。美しいクロアゲハやアサギマダラを見た。石畳の老街《ラオヂェ》に入ると、食堂の前で男が何やらがなり立てている。近づくと跣だった。

(油断がならない)という眼を何度か向けられた。その度に(油断がならない)素振りをしたくなる。わたしには軽薄なところがある。犬が来かかる。暮れがたは鐵路も犬の舌もさみしい。

花蓮で雨、、

雨は降りはじめがいいね
こうして油断している時にくるのはなおいいね
大粒のが頭とか手のひらとか
ひと粒ひと粒あたってくれてね
アスファルトの道もどんどん濃くなって
こども屋のねぶりくじなんか想い出す
くるねくるね
雨はふしぎなずれをもちこむね
ここからもちょっと離れさすよね
何の用もなくなって
淋しいの先っぽみたいになって
ついさっきまでは言葉の言いなりだったのにね
そんなんで台灣の何とぶつかっていたというのだろうね
下雨(雨が降る)
「水泥」と書かれたセメント工場も
寺廟も日本式の木造家屋も遍くびしょ濡れて
ザアザア降りになったね

鶏頭の花も濡れながら燃えているね
鐵橋も鳳凰木もなんかつよくなって
いいねいいね
みんなで雨に追い抜かれて
もう花蓮にいるでもなくなって
たあさんが言っていたのもたぶん
こういう氣持ちのよさのことなんだろうね
グレーチングの上にこどものツッカケが片方だけ落ちて
　いた
雨は人間にも何かしていくね
世界のあらゆる川、あらゆる路地に通じて
またかならず帰ってくるしね
田鶏《ティエンチー》の炒め物でも頼もうか
小汚い食堂の前で練習する
「不要 放 辣椒《ブゥヤオファーンラージアオ》」「不要放辣椒」

＊田鶏　田圃の鶏とは蛙のこと。
＊「不要放辣椒」（唐辛子は入れないでください）

（『ちかしい喉』二〇〇九年思潮社刊）

詩集〈口福台灣食堂紀行〉から

口福台灣食堂紀行

歩くとめし。
それだけでひとのかたちにかえっていく
歩いておりさえすれば
なにかが助かっているような氣がする
荒物屋、焼き菓子屋、飾り札屋、
ちいさな商店がならんでいる
路につまれたキャベツや泥ネギ
魚屋をのぞけば漫波魚（マンボウ）の切り身
繁体字のにぎわいにもやられる
なにやらこそこそしたくなる
あおぞら床屋みたいなのがあった
ながい線香をつんだ荷車が停まっていた
ここでみるものはみなからだによい
黒糖饅頭ふたつください！

蒸籠の蓋をとりながら
阿婆がなにか言ったけどわからない
わからない、も愉しい
あいさつがあってよかった
あいさつとは態度のことだろう

路が岐かれている
えたいの知れないほうを択んでしまう
生活の残りがそこいらにちらかって
まども洗濯ものも耻かしい
ここにはぐまいな因のくらがりがある
分有したいたましい沈黙がある
知る、とは生まれるということだろう
からだの中まで触れにくる
ひかりのことをいうのだろう
「満腹食堂」にはだれもいなかった
聲はつけっぱなしのテレビだった
カウンターに洗いものの粥碗や
大皿がかさねられたままになっている

それが、なんかまぶしかった
こんなのがいつか
ひかりになるのだろうと思った
日本語でもかまうことはない
ごめんください！

集集線

バスはまだ来ない。
毛がまだらに抜けおちた病み犬が一匹、
はあはあいいながら町のほうへとこわれていった。
（犬にも世界の怯えがわかるのだろうか。
ここらの田んぼは刈り入れを前に、
あちこちで坪枯れがみられる。
ウンカにやられたのだ。
福建省や広東省、
ベトナムあたりからも飛来するらしい。
殺虫剤の大量使用で薬剤が効かなくなっているらしい。

いいやウンカではないこれも金融のやらかしたことだ。
どこかの職のないおとこが、
あばれて踏み倒したその跡だ。
労働はとことん貶められ、
普通がむつかしい狭い次はない。
誰もが自分を生きることができない。
そのいちいちが苛つくのだ。
不対不対（ちがうちがう）とあばれまくったのだ。
さっきの犬は巻き添えくらって、
おとこに蹴つりとばされたのかも知れない。
八時までには集集駅に着かなければならないそこから二
　水駅までもどらなければならない。
トマトと卵の炒め物もマコモタケスープもぶち旨だった
　あの定食屋は閉まっているだろう。
アミ。パイワン。タイヤル。ブヌン。ルカイ。ツォウ。
セデック。タオ。クバラン。サオ。
あすは検問所で入山許可證をもらってルカイ族の霧台を
　歩く犬がいたら犬にも挨拶をする。
耳目の喜び聲のかなしみ傲慢で知ったげだといわれたい
　よう来たよう来たともいわれたい。
あたりが急にうす暗くなった田んぼと道路のほかはバス
　停の標識が一本立っているだけだ。
バスは来るのだろうか。

埔里《プーリー》

日本領台五十年、白色恐怖四十年。本省人、外省人、客
家、原住民。いいや、そんなことは一切かんがえないめ
し屋にはいる。餛飩麵をたのむと、リーベンレンと聞こ
えてくるなんで日本人だとわかるんだ。
かつては平埔族の土地で、北杜夫の「谿間にて」の舞台
にもなった埔里鎮。おんなのこが艸をちぎっては用水路
に流していた。艸を罰しているのか小さなこころを罰し
ているのか。にーはお。へんじはない。
「男賓理髪」の看板に剃刀だけ当ててもらう。郵便局で

は昆蟲の切手シートを数種類かってみる。廟のまえをとおると、男が玉蘭花はいらんか、と聞いてくる。よそびとのわたしは、ぶーやぉ（いりません）。

この偏った見る、偏った歩くが、いつかわたしの文体を支えてくれるだろうか。一斗缶で紙銭を焚いているのがいる。あらま、と思うところに洗濯物が干してある。この先なにもなさそうなのにドクドクする。

漢化を受け容れてきたおだやかなひとびと。そのくるぶしはもっと南島の所作に系がっているのだろう。台灣は偶さかだった。だけどどうしようもなく出会ったのだろう。直立してわたしもだと言い張りたい。

＊平埔族　台灣原住民のうち平野部に住む民族の総称。現在政府が認定している原住民は十四民族、約五十万人。平埔族ではサオ族とクバラン族のみ認定を受けている。

霧社

莫那《モーナ》魯道《ルダオ》烈士之墓にはいかなかった。日本人殉難殉職者之墓にもいかなかった。食堂で小米酒（粟のどぶろく）をやりながら、醤油で煮込んだ豚足や、さっぱりと薄味の陽春麵をすすった。それからしばらく歩いて、この茶館によってみたのだ。老翁のはなす日本語は、なまりのないきれいな標準語だった。「蕃童教育所」を卒業しましたから。だはははと笑われる。試飲に淹れてもらったのはここらで採れた手摘みの高山茶。茶杯でいただく雑味のない芳醇なあまみ。「しかまんけ」はわかりますか。くびをふってみせると、琉球のことばで「びびるな」です。また、だはははと笑われる。なまなかな孤絶者《こだえもの》のふりなど、とっくにみすかされているのだ。事件のことはなにも訊かなかった。雨になるのか晴れてくるのかはっきりしない空だ。やまの路線バスがとおる。ペタコがやかましく鳴いている。

《始原には二つの太陽と二つの月があった》
《祖先は巨樹から出生した》

という神話をもつひとびと。
南投縣仁愛郷南豊村霧社。
遠さなら知っている。
うえの畑に犬がいる。
哀しみの温もりのようなのが。
こっちへ下りてくるのかもしれない。
いいやからだのなかに入ってくるのかもしれない。

＊莫那魯道　一九三〇年、霧社事件で抗日蜂起を率いたセデック族マホベ社の頭目。
＊「蕃童教育所」日本統治時代、原住民が通った学校。
＊ペタコ　台灣、琉球南部にしか生息しない小鳥。シロガシラ。
＊『台湾原住民文学選5　神々の物語　神話・伝説・昔話集』参考。

フォルモサ

土のなかで、
眼がみひらいている。
どの眼も、
哀しみの芯のようなひかりを放っている。
あめつちを畏れた者らの、
翼よりも根をこそえらんだ者らの、
そのくさぐさをきく。

——五月の仔山羊。
小高い丘のガジュマル。
どの聚落にも大切な樹というのがあった。
眼となってじき、
イラ・フォルモサ（麗しき島）！
ポルトガル船の水夫がさけぶのをきいた。
はじめにオランダがはいりこみ、
北部にはスペインがはいりこみ、
やがて鄭成功が住みついた。

のびるよ、のびるよ、日本の国は、
北には樺太、南は台湾、
両手をひろげて、両足のばし、
のびるよ、のびるよ、日本の国は。
（西条八十「新日本のうた」）

ふざけた歌と三八銃で、
五十年間日本に根こぎにされた。
内戦にやぶれた國民党が、
大陸からこぞって雪崩れこんできた。
口も耳も塞がれ、
夜にはどこことも知れず連れ去られ、
われらのパットンカンを、
新高山と日本人は呼び、
漢人は玉山《ユイシャン》と書きかえた。
奪う者らの、
膏血をしぼりとるような強欲も、
その野蛮のかぎりももう遠い昔のことだ。
だがどうだろう。
あの蔑みのうすい笑いだけは、
つい昨日のことのようにまなうらにある。
もう睾《きんたま》も陰《ほと》もない。
時間のへだたりに意味はない。
四百年、「文明」のすることは変わらなかった——。

土の眼よ。
勁艸の者らよ。
そんなふうにみないでくれ。
どこにも帰属できないただの拗ね者、
あいさつになりたいだけの未熟な旅師だ。
それでもいま、
恩寵のようにくるものがある。
あれは湖のひかり、クマタカの影。
うつくしく波うつ粟。粟。粟。
魂とはまなうらのことだろうか。
いいや言ってみただけだ。
ほら、どこかで犬が吠えているよ。
竹を炙っているにおいがするよ。

このさみしいは、うれしい。

＊パットンカン（玉山）ツォウ族の言語で石英。標高三九五二mの東アジア最高峰。

洛夫（ルオ・フ）

天氣預報は「晴時多雲」
どこか羞じらいのある朝のひかりをあびながら
屋台で牛すじいりの粥をすすった
ゆきかう聲も梅檀の樹も
なにもかもがすはだかだった

駅前の広場にでると
これから行商にまわられるのか
リヤカーをひいた阿婆がいた
手の、正直なひと
ていねいな暮らしぶりも知れる
ひさしぶりにたたずまいのうつくしいひとをみた
荷台につんであるのは南國のくだもの
釈迦頭（シュガーアップル）、楊桃（スターフルーツ）、
　芭樂（グアバ）
みたこともないふしぎなくだもの
ひとがだんだんふえてきた
サラリーマン風のおとこや
女子高校生ら
竹籠になにやらいれて
天秤棒をかついで改札にむかうひともいる
吃飯了嗎（ごはん食べた）？
時どきあいさつが聞こえ
そのたびに朝のひかりもつられて動いた
まぶしいってこういうことだった
まぶしいって、いいなあ

洛夫の「窓辺」という詩がすきだ
湖南省生まれの外省人という他はなにも知らない
それでも彼の氣配にちかづいている

世界は残酷で
きょうもあかるい

喰うてさきわう

角の「萬珍食堂」は
地の者らでいっぱいだった
ひる時だからしかたない合い席させてもらう
魯肉飯《ルウロウハン》をたのみ
ガラス棚からおかず皿をとってみる
厨房では寸胴鍋をかき混ぜながら
一分刈りの親仁が注文をくり返している
「吧《バ》」とか「嗎《マ》」とか
わらい躁いで喰うひとびと
喰うて幸うひとびと
客家の里は美濃の食堂
この黄ばんだ濃い空氣に
呼ばれたのかも知れなかった

いのちをつなぐための喰うではない
喰う快楽のためにこそ生きるひとびと
國なんか背負わない舌のひとびと
わらうもんか、わたしもだ

生きのこす。
あとは土地が考える、というふうに
逃げるも抗うもひとつことだろう
知らなくても分かっている
美濃に同意する
どうにもならないから喰うて幸う
それが美濃の悼みかただろう
氣がつくと川べりを
痩せ犬について歩いていた
わたしは拐かされているのか
はた眼には二匹の犬にみえるのか
ボリビアなど行ったこともないのに
ボリビアの川みたいだなと思った
もってうまれたもの以外を生きたがるから

いつも歩きすぎてしまうのだ
なかなか

タイペイ

自分のことだけで精一杯
ひととして困ったところがある
そういうひとが好きだ
なにやらもう賑っている
ひとびとの聲が
地を這うように聞こえてくる
熱い豆乳に揚げパン
これでなければ台灣の朝ははじまらない
耳の奥の空ろへ
食器のぶつかる音がひびく
シャオハイ（こども）の笑い聲もひびく
血くだがいちいち嬉しがる
わたしは雑多が足りないのだ音が足りないのだ

きょうは一日
タイペイの行列になる
麵類ならなんでもこいになる
ティーホワ街、ヨンカン街、ナンスーチャオのビルマ街
誰もわたしを知らないはうれしい
わたしも知らないわたしでうれしい
地下鉄の一日票を買いにいく
服務台のおんなは事務的かつ命令口調で
請説慢一點（ゆっくり話してください）
といっても容赦はない
こうゆう目に遭うのもあんがい好き
聲や物音との一瞬のかかわり
わたしは上っ面だけを信じている
月台（プラットホーム）へ階段を下りていく
途中、エスカレーターで昇ってくる清掃のひととすれ違う
ちょっとずれていたら会わなかったひとだ
そうやっていつか

身元不明の

ひきとり手のいない
不法滞在の行旅死亡人になる
うすいみどりの耳になる
ブヌン族のブヌンとは
人間という意味らしい
それも好き

高雄

夜市の裸電球《てっかり》と、
あかいランタン。
べた凪の高雄の夜を、
肌シャツのおとこがわめきながら通りすぎていく。
かかってこいとか、
死んでやるとかいっている（ようだ。
わたしはプラスチックの椅子に坐って、
芋の葉の炒めものをつついたり、
アヒルの水掻きにしゃぶりついている。

白酒《パイチウ》をやりながら、
台灣のどこかしら破れているを、
その始末に負えないを、
けっして治らないだろうをながめている。
廟前街の入り口あたりで、
まだおとこのわめき聲がひびいていて、
ことばに怯えた時代から来たのか。
それともこわれたふりをして、
ただ面白がっているだけなのか。
そんな者には頓着しないというふうに、
ここの親仁はバラエティー番組をみて笑っている。
夜のバスがとまる。
二人、三人とおりてくる。
犬がチラッとだけみえた。
世外者がシケモクをあさっていた。
人口百五十万人。
「働く街」といわれる高雄。
わたしはもう何年もおおきな聲をだしたことがない。
それは恥かしいに決まっている。

＊白酒　コーリャンが原料の無色透明の蒸留酒。八割強が金門島で造られる。アルコール五十八度。

ダマダマ！

第五天（五日目）屏東

ダマダマ！
日干し煉瓦の漢式家屋がならんでいる
のきばに発泡スチロールのトロ箱がつんである
サトウキビの喰いかすとかが散らかって
このあけっぴろげの地貌はどうだ
汚れたものの中にあるどうにも汚せない清らかなもの
ここにはわたしをよろこべるひかりがある
ひろばになったところで
赤銅色の男らがなにやら騒いでいた
上半身裸、というのもいる
なにをもめているのかわからない
（漢語ではないタガログ語にちかい音
まぜっかえすのがいるのだろうどっと笑いがおきた
あいさつだけが頼りの食堂探索
でもだいじょうぶ
わたしはなにも知らないことを知っている

ひるめしは咸魚炒飯に海藻スープ
お玉で中華なべをたたく音が食堂を生きものにする
具材はこまかく切った鶏肉に咸魚
きざんだネギやカイランサイの茎がはいっている
ひとの舌というものを知り尽くした味で
うまいにもほどがある
たいがいにしろだ台灣

ダマダマ！
駅前の本屋にはいる
図説の農具の本をさがすもなかなか思うのがない
竹であんだ丸口箕をどう説明すればよいのか

週一回の中國語教室では
店員さんもよわっておられる
鼻母音も、そり舌音もむつかしい
けっきょく図鑑『台灣常見的蝴蝶』だけ買って店をでる
はす向かいには山羊肉料理店「正宗」
そのとなりが「芋頭冰（タロイモアイス）大王」
この土地のまなざしが
そのあぶらぎった息づきが
わたしをまったき独りにする無籍者にしてくれる
こんな自分になれるとは思わなかった
百ccのスクーターに乗って
いま坊さまが通られた

あすはいよいよ三地門にはいる
原住民の平均所得は漢民族の半分ほどだという
ふいに父のまるいロイド眼鏡が
竹細工の道具箱がよぎった
わたしはあそこから来たのだと思った
ダマダマ！はごあいさつ
パイワン族のこんにちは！

＊咸魚（ハムユイ）　塩漬けにした干し魚。

げんげなのはないぬふぐり

どの民族のあいさつにも
ひかりの素顔があるだろう
連綿とつづくさみしい問いがあるだろう
やまのバスをおりて
みちばたで地図をひろげていると
ええ日和になりましたのう！
じげの者にあいさつをされた
かるく頭をさげてあいさつをかえす
なんか、いい気分
足もとから叱ってもらえたような
祖《おや》らの聲にであえたような
あいさつにはそういう力がある

世界はモノではなく
コトの現われだとわかる
総合病院筋弛緩剤一本所在不明
どうしていいかわからないからあいさつがあるのだろう
ランドセルをゆらしながら固まりおりてくる
ここらのこども、ここらのこども、
からだがだんだん晴れてくる
あいさつ以外じゃまになる
すれ違いざまつぎつぎと
ただいまかえりました！

書いてはやめる。

手。いつもふきげんだった手。シベリア帰りの、竹細工師の父の手。あれが私の野っぱらを固くした。キンエノコロの花穂が群れて、夕陽のなかひかり輝いている私には艸でしか埋められない箇所がある。

黙っていろ素手でいろ。なぜとはなくそう自分に言い聞かせてきた。すそやまの高圧線鉄塔さび朽ちたトタン波板。私はだれを忘れているのか。携帯が圏外になる身内がだんだん濃くなる喉が喉になる。（と書いてやめる。

タジク人にもハザラ人にもパシュトゥン人にも会ったことはない。ジャララバード郊外のコラム村も、カンダハル東部のチャカリス村も、自由の国にふっ飛ばされた。私も村の名などじき忘れてしまう。

二枚の写真。①老人がたち尽くしている分離壁建設のために伐り倒されたオリーヴの林で。②ブルドーザーが二台きた。三十分後にはハッサン君の家も棗椰子の樹もきえていた。今日一日おのれを疑え。（と書いてやめる。

どんぶり飯の炊き出しに、ながい列ができている若いおとこもならんでいる。私はどこにもならべないばちあたり。空ごとばかり書きつけて、それでも日記だった日記だけがドクドクする息をしている。

半月。ベランダで岡山のももを食う。手をべとつかせながら薄い皮をむく。その熟れているを垂れているを啜るしゃぶりつく夜のもも。中のさねがぴくんと震えているのがわかるどこまでが果物なんだ。（と書いてやめる。

信じるひと

うそをついている手
うそをつきとおす手
でもいまのは知らない手
わたしのではない
なにかを引きむしるようなものがあった
聲をさがしているようでもあった
遠い祖らの仕業だろうか
さわってはいけないものに
さわってしまったのだろうか
雨をしたくなる

いっぱい雨をしたくなる
（わたしといえばいうほどわたしではなくなってしまう
　バスはまだこない
アーミナ、アーミナ、
わたしらはいまどこにいるのか
詩そのものを伝えたいのに

からだのうちがわは
文字よりもかなしいのだ
わたしはこどもらしくないこどもだった
いいやこどもであったことなど一度もなかった
かおで雨を享けながら
くるくると回ってみようか
わたしをばらばらに飛びちらかそうか
いまなにか言ったら
きっと不潔な聲になってしまう
いつだってそうだった
ことばよりも歩くことのほうが大切だった
（わたしではなくなるわたしをささえているのはもうむ

れた艸穂だけ
アーミナ、アーミナ、
もうわたしを出ていくよ
いよいよ歩くだらけになるよ

蚋

普通はさみしいのか不潔なだけなのか。
てきとうに笑ってみせているけどそれも面倒くさくなった。
朝刊に「行政書士　戸籍謄本等不正取得」。
風があるとお山がしろっぽくなるのはたいていがドングリ。
クヌギ、アベマキ、シイ、ウバメガシ。
ことばのくる日は助詞をまちがえたい。
眼に、なにかはいった。

瞬きしながら眼ん玉を動かして端によせる痛い痛いブヨか。
赤ジソの畑で艸を焼くひとがいる。
たたかれることにして立っていた。
いえのことをついよそでしゃべって親に面耻かかせたのだ。
あれからずっと誰かになりすましている。
ひとを見下している眼というのはどうにも隠しようがない。
あなたの文章にもそれがある。
からだが時どき用水路をみたがった。
ただ一向《ひたすら》に念仏するだけでよいという教えなどしんじない。
でないと自分のことがもっとわからなくなる。
艸に触れながら艸にも触れられていた。

二〇年も詩を書いて一篇もたいしたのがない。
ひとのもたまげたことはなかった詩はもっとすごいものだ。
半透明のウスバシロチョウが二匹いる。

垰越え専門、という男のはなし

(どこの垰でだったかはわすれた。
(里人石工によるとおもわれる、
(なんとも古拙な石仏をみたことがある。
(右手を頬にあて首をかしげ、
(おうどうに片膝立てて坐るやつで、
(じげもんらは「歯いた地蔵」と呼んでおる。
(いいや如意輪のはなしではない。
(竹筒に春の野花を挿し、
(ぼた餅をそなえ、
(しばらくしゃがんで拝んでいた婆さまのことだ。
(といってもはなしをしたわけではない。
(顔もなりもおぼえておらん。
(こっちに気づいたから、
(会釈はした。
(それだけだ。
(それだけだのに婆さまはぼそっとゆうた。
(二度と生まれてこんように拝みました、ええ。
(石仏は石仏で、
(泣いておるのか笑っておるのか、
(ふるぼけてよくわからないお顔だった。
(里人とおんなじようにそこに生きておられた。

男のはなしはなぜとなく、
わたしの詩にわるい影響をあたえるとおもう。

雨にしかわからないことがある

「白い雨が降ると潰《つえ》(土石流)になる」
誰かがぬし様を怒らせたのだ

中一の夏だった
ムラは局地的な片降りで
それは息苦しいほどのだあだあ降りで
降るなんてなものではなかった
このままでは橋がもたんど！
お山もいつ抜けるかわからんど！
朝から男衆《おとこし》がさわぎたてていた
辺りがだんだん白っぽくなって
ふざけた降りはもう雨とも呼べなかった
黒漆喰の竈《くど》
の前のかたまり
母の背なだった
母がしゃがんで顫えている
いいやからだから暴れでようとするものをひっしに抑え
　つけている
聲がでなかった
なんぼにも聲がでなかった
いのちじゃけぇしょうがなかろうが！
あとでそういって笑っていた

自分のものであって自分のものではない
いのちとは、げに恐ろしきものだとそのとき知った
雨と、男衆と、竈と、母と、
ぜんぶで夏のいのちだった

たまごでも焼くか

宇品島

ヤマモモの
あまずっぱいにおいがする
モンキアゲハが葛のしげみに消えていく
のっかっている勤しんでいるコガネムシが必死で
いのちがまるみえ、は耻かしい
たっぷりじらして雨をためこんで
それが六月だ
夏のかたまりをずるりと産む月だ
似島、峠島、金輪島、

艸を揉んで、においを嗅いでみる

国有林界の杭のあたり
三脚をすえて蜘蛛の写真を撮っているのがいる
わかいのに変わったおんなだ
話しかけてみたいけど
そんなことがむつかしい
（そうやって成長の機会をのがしてきた
おやの躾が足りなかったのか
おやはそれどころではなかったのか
あいさつもころくにしない
われわれ、であったためしがない

節理、岩脈、海食崖、
七〇〇〇万年前の花崗岩だという
道ばたのギシギシ、カラムシ、
ネジバナやホタルブクロも咲いている
悦ばしげにぴくついていやがる
蟲も艸花もみだりで節操がない

周囲三キロほどの瀬戸の小島
それでもどこかで東北が気になるのだろう
島ごと息を止めたかのように
ふいにしずまりかえることがある

ののもののみど

からだのどこにも
根性と呼べるものがない
だれに嘘をついたかもわすれてしまった
うっすらいたからこうなった
水溜りにカラスアゲハがおりている集団で吸水している

なにかのひょうしに
あなたの手にふれたことがある
あの時あなたの全部にふれた気がした
それは伝わらないではいられないものだ
イタドリが長けまくっているひとの背たけをこえている

複眼のみどりと静止飛行
オニヤンマがパトロールを続けている
クレヨンで画いたような濃い夏だ
じぶんのことなのにわからない
なんであんなことを言ってしまったのか嫌で嫌でやれん

野の者の喉でおらび倒してやった
じぶんの聲ではあったが
祖々の聲でもあった
独りと、肉欲と、野っぱらと、
そこにどんなちがいがある同じことばのような気がする

聲

生石《いきいし》。
ウマノスズクサ。
歩くのなしうること、なりうるもの。

聲にはいろんなことどもが雑じっている。
そうはしなかったわたしや、
祖々の空までかぶさってくる。
それはしかたのないことだ。
イイタイコトとは別のことを口にしてきた。
やましい喉をつづけてきた。
聲はからだなのか、
こころなのか。
自分のどこが耻かしいのかわからないは耻かしい。
ふつうの先にある明るみがおそろしい。
たいせつなのは態度だろう。
いろんなものが雑じっていても、
聲を聞けばそれがわかる。
あやまりたい。
わたしの聲は犬を飼ったことがない。

艸の実、艸の実、

ひかる雨を歩いてきた
ひとはときどき無性に雨にぬれたくなるものだ
からだが決めることはたいてい正しい
雨は未来からふるのか
過去からもふっているのか
かんぶくろの艸の実、艸の実、
土から離れたものはみなさみしい

ことばとからだが反目しあって
はらいせみたいに歩いたはずかしいほど歩いた
どこにも着きたくない歩くなのか
そうか小島はジャムを作るのか
線量計が鳴りやまないという
わかっている艸の実、艸の実、
泣いていいのはわたしではない

本能がうすく汚れている
いや本能と呼べるものがわからなくなっている
なぜとはなしにここと決めて
ふっと息で飛ばす艸の実、艸の実、
国家の時代はいつまでつづくのか
わたしはながいことどこにおったのか
すこしはましになりなさい

(『口福台灣食堂紀行』二〇一二年思潮社刊)

詩集〈艸の、息〉から

くさわた

鉄《くろ》のにおいがする
艸絮がいっぱいとんでくる
ことばになろうとするものらのかすかな怯え、のような
　もの
（あとはよくわからない

きずついたひかりにかこまれ
だれもがおなじふるえのなかにいる
わたしはありったけで立っている過去からの聲をまって
　いる

生来、まつろわぬ身
艸をはなれて艸をする身
家郷はすでに異郷だったなんかほっとした、が正しい
文法はまもらない
からだのどこにも教えはない
鶏どもがさわいでいるケージのない平飼いをやっている
　ようだ

わたしがひろがっていく、が野っぱらで
ことばの素顔にさわりたい、が詩だ
（いいや逆でもかまわない
以後の身ぶりをおぼえてしまうともう自分の手とも思え
　ない

野のひかり

手にも
ふけつな感情がある
ときどきいけない反射をする
しかたがないからいまのは祖さまらのやったこと

いつもそういうことにする
うまいもののない土地は
ひとも育たない

貌と貌

ですむことがある
大谷くんが先にきづいた
うどん屋のまえでしばらく笑いあった
大谷くんは昔のままだったまったくの別人でもあった
どこの親もいい貌をしないのに
大谷くんとこのお母さんだけだ
上がりんさい！　上がりんさい！
あれを思い出せてよかったあれは窓になる
聲はそのひとそのもの
ぜんぶが知れる

ケのなかの
ちょっとしたハレ
それこそが艸の流儀だろう

としふりた樟の根かたで
野のひかりをみている陽のにおいをかいでいる
ほかになんの用もない
そうか、鶴彬のとこも竹細工師か

野歩き

どっくん、どっくん
つよい脈動のある土地だ
ゆだんのならない引きもある
近づくとはどういうことをいうのか
ここには善し悪しの境目がない
どうしたらいいのかわからないお辞儀をする
おおもとに定まって
艸の時間になるのをまつ
そうやって野っぱらをひろげるのだ
それ以外おもいつかない

木苺のしろい花
からだのなかがあかるくなる
土地をうたがわないこと
境がないを生きること
そうやって艸のこどもに還っていく
かつて、うかれびとが行き交ったのは
いま、ひかりがあつまっているあのあたりだ
びんぼうなら知っている
だまっとるものほど性根がわるい
といったのは母だ

浅木の林をぬけ
未舗装の林道に出たところで
営林署のマイクロバスとすれちがう
ひさかたぶりにかぶる土ぼこり
いいなあ土ぼこり
また来んさい再々来んさい捲きあがる土ぼこり
あんたには大人のわきまえがない、という
あるじはどうも話を複雑にする

いちがいなひとだ
そしていつだって正しい

千艸百艸

たとえ誰かを傷つけようと
よごしてはならないものがある
歩くでしかあらがえないことがある
ひらがなの哀しみと
ちぶさももくさみどりみどり

くるぶしまでもどって
祖さまらといっしょにあそぶ
泳ぎは川でおぼえたテレビは星山でみせてもらった

犬追物にあつめられたのは
「常の地犬」とある
せわをさせられた犬かけ、犬ひき、犬はなち

からだのどこかさみしがるのは
そのことなのかも知れない

艸にだかれたがるものらの息は
夜這いや盆おどりと同根だろう
ことばでいえることはたいてい大したことではない

はーれはりら、はるはれら
はーれはりら、はるはれら

節をかけたような
へめぐるものらの聲がする
どんな歩きをすればそうなれるのか
「風紀良俗を紊す」聲だ
晴れ晴れとおおたわけの聲だ

コバ

（害虫駆除に品種改良された飛ばないテントウムシが、来月から生物農薬として販売されることになりました。まだ屋内限定ですが、将来は露地栽培での活用も期待されるとのことです。そういう時代からきました。相すみません。

耳川
時雨岳
道普請のものら
なにをみてきた雲なのか
どすぐろいのが俄かにおおいかぶさってきた
いったいは明治がまじりこんでいて
コバ（焼畑農法）の調査団だろう
そうさな。
農務官僚の聲がする
一年目の蕎麦
二年目は稗・粟

三年目に小豆
四年目が大豆
そしたら二十年ほどは山に返すという
ここには共生《ともいき》がある
綿々とつながるいのちがみえる
雨がきた
ことばを許さない
おおつぶのが落ちてきた
のちのかりことばのき（後狩詞記）
雨と走るつなぎのもの
東臼杵郡椎葉村大字不土野
下半身をうすくして
みどりの雨の
じねんのいのちの跳ねるをみている
艸も息をあわせている
十方にこともなし
雨に帰るとほっとする

＊柳田國男の聲と著書名が紛れています。

寒鮠漁

川原の石どもに
雪がまあるく積もっている
橋のしたをのぞくと
ハエが赤黒くかたまっていた

こどもの時分
投網で寒バエ漁をするひとがいた
ふだんは垰向こうで
馬喰をやっていたひとだ
しろい息でちかづくと
アッチヘイットレ
眼と、あごで追いかえされた
かおはどうにも思いだせないのだけれど
赤く腫れた手だけはわすれない
いいや艸をでてからも
なんどかみた
いのちを汚すすんでのところで

まっとうな手をみた
川のつづきをしたくなる
過去ではないのかもしれない
あの赤く腫れた手と
「かすうどん」の看板には逆らえない

＊かすうどん　牛の腸を揚げた香ばしい「あぶらかす」の入ったうどん。

土徳

お山をせおってたつ平屋
ばあさまが筵をひろげて
干したぜんまいを撚っている
ぼくもしゃがんでまぜてもらう
みな平地人になりたがって、
いまは同行も結もなあ安気なものよ、という
長生きしすぎるとバチがあたるんじゃが、と笑う
土くれ相手の
せきらら な聲だ
ごそごそ動かにゃあならんのが、
もうろくもできんのがひとり暮らし、
ここでしか生きられない聲だ
背戸のほうで
むだ吠えするのがいて
ひとりといっぴき
ないものはない自儘な暮らし
あとは阿弥陀一仏に任せてきた
だれがこの土地を蔑むのか
川のなまえをたずねると
「川」としか呼んだことがなあ、という
学がなあけぇ知らんのよ、と笑う
バスの時刻とか
再稼働とか
なんかどうでもよくなってくる
柿の木のまたに

ズック靴が干してあって
おかしくて哀しかった
艸を止められると思いでもするなよ！

遊動するもの

しゃべるとたいてい
つまらない人になる
すきな詩人にもあったけどいらんことだった
しゃべらなくてもじきわかる
姿、たたずまいからみえてくるもの
それが人にあうということだろう
あらくさ。いしころ。げんしょのひかり。
あってはいけない人もいる

たびさきではいやなことはしないですむ
めしは姿勢をただしてだまって喰う

真宗移民の土徳をしって
海べたの町をたずねた
そここに野積みされた
くろいフレコンバッグがみえてくる
ようちで、むほうで
胴ぶるいがくるうまく呼吸ができなくなる
何輛もの油圧ショベルが更地をひろげていた
雲がおそろしい速さでうごいていた

妙好人らはまだか
なもあみだぶが湧いて出る、はまだなんか

流れている、はいつもからだの裡にある
わかる、というのではない端からきまっている
どこにも居付けなかったのはそのことだろうか
半島、列島、大陸
お國が肥大してきた
また不寛容のばけものがくる
わたしはお國をかわしながら遊動するもの

わるいが、ちいとばかし了見がせまい
ここからは右左折できない直進するのみ
とおくにしろい排気筒がみえた

逃散する

にしてもだ
報道はない誰もなにもいわない
民主主義をうたがってみる、もない
ま、寡頭制だな
じぶんでは考えない
群れたがるからどんどん弱くなる
たった二年やそこらでなにもなかったことにする
あれが、ふつうのひとびとだよ
ふつうのひとびとはおそろしいよ
いつの時代もそうだった
「賤民廃止令」反対一揆も
「非国民」をつるしあげたのも
ふつうのひとびとのやったことだった
ごくふつうの家のお父さんお母さんで
勤勉で実直で礼儀ただしい
あれが、おそろしい
ただしい聲はおそろしい
めいめいがめいめいの聲に戻れなくなるおそろしい
逃散する
のまねごとみたいなものだけど
ときどきは川原におりて素足になってみるといいよ
石から石へ
つぎつぎに跳び移って
あれはいいよ
はぐれ者が戻ってきて
偏りこそを生きたくなる
みっともないくらい興奮するよ
石が止まらなくなるよ

漕ぐひと

夜の公園で
軋り音がする
ギーギー、ギーギー
だれかがブランコを漕いでいる
まぢかでみると中年の地味なおんなだった
こどもみたいに
ぐいぐい漕いでいる
ぐいぐいぐいぐい漕いで
しずかに怒っている
だれとも上辺だけのつきあいで
ふつうでいるのもたいへんで
思いを口にせずに生きてきたひとなのだろう
まだ怒りたりないような
いいやもうどうでもいいような
ほんとうはおんなにもよくわからない
たいがいそんなところだ
だからみろ

そこだけやわらかなひかりに包まれ
芝居小屋のあかり窓のようにも
世間師らのみだらな笑いの場にもみえる
おんなはついに立って漕ぎだした
ひざをまげ、ひざをまげ
漕ぎに漕いでいる
加減はない容赦はない漕いでいる
スカートがめくれているよ漕いでいる
みあげれば六千のまたたき
こころが吸い寄せられそうになる星空だ
こどもの時分にもどっているのか
それとも宇宙のかなたに飛びだしたいのか
ギーギー、ギーギー
おんながブランコを漕いでいる
いのちのかたまり漕いでいる
詩で、汚れるのもいる
土には還れないのもいる

三段峡行

ベランダで
艸を育てている
チガヤ、ジシバリ、スズメノエンドウ
艸も顔を読むだろうか
なまなまと知っているだろうか
わかっている祖さまらの列には加われない
いまさらあやまりようがないのだ
因は、じぶんにある
からだのどこかすーすーする
ぱなるじん。
ばいあすぴりん。
もうなにが痛いのかもわからない街だ
やかましく差別をたのしんでいるのもいる
ひとはあんなふうにも振る舞える、げにおぞましき生き
　ものだ
聲こそが本性だろう
文体とは態度のことだろう

はじめの場所
の無垢なひかりの束まで
箕角、下土居、戸河内中学校……
こんな日はバスに乗って
ムシトリナデシコまでもどりたい
雨縁に腰をかけ
足をだらんだらんだらんしてみたい
だらんだらんやりながら
なんにも考えない
のさばる昆蟲どものの
それっきりの空

裔

さみしいにもどこか
肉慾のようなものがあって
あれもいのちなのだな、と思う
この街はうすい笑いでできていて

誰の興奮なのかがわからない
どこにも帰れないひとびと
いうにいわれぬことごと
歩くでしか治せないことがあった
親にはみせられないことをしてきた
テレビをつける
料理研究家コウケンテツがマレーの民家にあがりこんで
いる
なんともうまげにニョニャ料理を喰っていやがる
その破顔こそが突破するちから
頭だけでは決められないひとなのだろう
また、きている
あの者らがきている、がわかる
ベランダにでて下をのぞくと
柿色の衣をまとった一団がこっちをみあげていた
ぶつぶつ、ぶつぶつと念仏をとなえながら
列をつくって川のほうへと歩きだす
あの者らに従ってはならない切れてもならない
春の図書館。窓と鼓動。血くだを破ろうとするもの。
遠くの艸とひとしくなる
地球は鉄の惑星だから
ふるえているほうへ傾きたい

たまもの

からだはべつの意思をもっている時時こまる。
その場かぎりでいきたがる見さかいがないになりたがる。
へびいちご。あら艸どもの澄みきった息。
おやおやと濃いみどりの聲を交わす。
日本語にはもっとたくさんの音があったというぱぴぷぺ
ぽ。
きまじめで滑稽でせつせつと裸な歩くはまだか。
台灣のどこでだったか庭の椅子にあんきに坐っておられ
た嫗。
なにも訊いていないのに（郵便屋さんをまっています。

かえりにもみた笑っておられたあれは永遠です。
たまかな暮らしにもどこかしら祝福があった。
こどもらの聲はそのままひかりのつぶつぶになった。
にがよもぎ。土徳の地にも命がけでついた嘘があっただろう。

川原にはがんらい名前がない道がない。
川に足を浸けてみるそうやって聲を清潔にする。
水のなかの足とひかり足とひかり鮴がちょこっと動いた今今。

詩のつづきにいると
会ったことはないのだけれど
もう会ったようなものだ
詩集『キルギスの帽子』に
「村の一角」
という詩があって
くさのさなえを知った
いいやその孤独にじかにさわった、といっていい
一篇の詩とは
そういうものだ

異俗に当たるまっさらな昂ぶり
「村の一角」
のつづきを夢想する
先回りしたバス停からのりこみ
くさのさなえのななめうしろに坐る
ビシュケク行きの小型バス
キルギス人もウズベク人も
かおを背けたまま押し黙っている
うしろでヒソヒソやっているのはウルグイ人の母娘
車窓に点在するユルタがながれ
ヒツジやヤクの群れがながれ
ユーラシア大陸のどまんなか
バスにゆられるに任せて訊いてみる

アクタン・アリム・クバト監督の『明りを灯す人』を観た?
くさのさなえは黙っている
ふり向きもしない
眉のあたりがなんだこいつ、という感じ
そうやって詩のつづきにいると
もうどんな自分でもかまわない、と思えてくる
くさのさなえの幼きものや
しどけないまで混じりこんできて
そのままバスのなかに住みつきたくなる
家庭がなんだ
一篇の詩とはそういうものだ

＊詩「村の一角」はインドの村と思われるが、かまうことはないキルギスにした。

にちようびの領土

へらへらするな!
歯をみせるな!
あれが、わからなかった
なんであんなことで叱られるのか
じぶんに疑いのもてないまっすぐな聲
あれが、わたしを決めた全的に。
牡丹江の屯所で
ザビタヤ(現・ザビチンスク)のラーゲリで
父も戸外に立たされただろうか
もち帰ったのは手製のアルミのスプーン一本
「第２０１７病院」とはどこなのか
ときどき独りが熱くなる止まらなくなる父のせいだ
だからといって集団の一員にはなれない父のせいだ
むなぞこにひろがる川原
とおいとおい石ころだらけ
だれともつるまなかった
それだけがひそかな誇りだった

どこからかのど自慢の鐘がきこえてくる昼にするか
ヤブを漕いだとき手の甲を切ったようだ気づかなかった
あしもとのメナモミ、チカラシバ
めしを喰うかなしみ
こよいは芋名月
父もへたくそだったろうか
おとこしが川瀬にあつまって
組んだ簗場にすのこ状の竹を敷いている
あれが、いつかわたしの温みになる
カブに乗った黒衣の僧侶がいま橋をわたっていく
ここら一帯は米軍が低空飛行訓練をくり返すエリア56

7

ま、くるならこい、かかってこい

群れの熱

酔いたんぼがへたり込んで
ひわいなことをがなっている

(いいですよー
つい応答してあげたくなる
世界には五億二五〇〇万頭の犬がいて
日本では死刑制度を容認する人が八割以上いる
無戸籍の人は推計一万人
所在不明のこどもは一五八八人いる
満員御礼の名古屋場所は十二日目
ひいきの力士は里山、豪風、妙義龍
すきな作家は中村安希
一曲なら「ドック・オブ・ベイ」
Kの家のまわりに小蠅がいっぱい湧きますように
Wの野郎がえいえんに黙りますように
住んでみたいコタキナバル
あこがれはキューバのサトウキビ蒸気機関車アラマオ
そうやってことごと数えあげても自分のことはわからな
い
自分のことなのにわからない
いいや本当はわかっている
ありもしない土地の名

まつろわぬ者らの青のしるし
あとはぜんぶ恥ずかしいでできている
ノラ犬の群れの熱
のようなさみしいものに
とり囲まれていることがある

ま、

あるじが聞こえよがしに嫌なため息をつく。
どうも野枝の評伝を読んでいるようだ。
こまったことだ。
冷で一合ひっかけて、
丸めてやろうか。

「台灣の蘭嶼島で高い放射線量」

クリックする。

「核電」「核災」「核廢料」

そうか、島民の九割がタオ族か。


毎月末の信用払い、がいまも残るのか。

なんかし忘れとる気がするけど、ま、寝るか。

こんなところに靴下。

こいつ脱いだら脱いだまんま。

点けたら点けっぱなし。

民族街3巻

屋台の虱目魚《サバヒー》粥は口に合わなかった生臭かった残してごめん。

かつかつ間にあって
なんとかバスの客になれたと思ったら
どうも行き先をちがえたようだ
我的天（なんてこった）！
どこに連れていかれるんだか
ま、なるようにしかならない没問題
しらない土地でバスをおり、

しらない者どうし互いのまなうらをとり換えてすれ違う、
それが旅にくらすということだ
うしろで苛ついていた大型トラックが
いまバスの横っ腹をぬいていく
三人乗りのバイクもうれしげにぬいていく
「我怎麼會這麼的開心（ぼくはなんでこんなに楽しいの
　だろう）」
クラウド・ルーの「歐拉拉呼呼」がかかっている
しらない川、しらない震え
もうからだのどこにも散文はない

片かげりの
さびさびとした路地
おとこが電子ゴミにかこまれて
基盤のハンダを溶かしている
もめている家があるしばらく立ち聞きする
歴史と呼ばれるもののおおかたは
そこいらでの出来事だろう
ふきげんな窓がならんで
いかついセタがよこになって路を塞いでいた民族街3巷
【狗を世多といふは蝦夷語也】
なんでこんなところにスガエがまじるのか
かどの食堂にはいって魚丸湯（魚のつみれスープ）をす
　する、うまっ。
豬腳飯（豚足の煮込みご飯）をひとくち喰う、うままっ。
ここはどの族群がすむのか
台灣も貧者を喰らって生きているのか
買單（おかんじょう）！

南澳車站

それはそんなにいけないことか。ムラを棄てるということは、ムラを棄てつづけるということだった。棄てても棄てても、棄てたことにはならない棄てるとはどういうことをいうのだろう。ナンアオ、ナンアオ。食堂「安打烏醋麵」はすぐみつかった。路線図に翻訳アプリ。いいんだか悪いんだかスマホ一台でどこへでも行けてしまう。

「既清淡又好吃（さっぱりしておいしいよ）」。黒醋のきいた烏醋麵はうわさ以上にぶちうまだった。ひとのこころを惑わす罪深い味だった。食べるも棄てるも一つことだろうわたしは必要以上に礼儀正しいのだろう。帰りがけに親仁がなにかいったけどわからなかった笑っておいた。記憶は路地にある。あとは土地のいいなりになればよいのだ。食べたものがわたしになる見たものぜんぶわたしになる。

没有（メイヨウ）没有。特急「自強號」の座席がとれない。つぎの急行「莒光號」もそのつぎもとれない。没有（ない）没有。站務員は没有しかいわない。後生だから、なんとかしてくれよ台灣鐵路管理局。この白髪の旅のものを、台北車站まで立たせておくつもりか。それともあすの蝴蝶谷行きは止めにして、整整一天（日がな一日）車站前でもながめて暮らしとけ、というのか。仕方がない羅東車站まで無座票を買う五一元。そこから長距離バスでも探してみよう。ナンアオ、ナンアオ。お山を敬い、お山を喰らい、幾重もの支配を生きたひとびと。以莉高露（イーリ・ガオルー）が、農業を営んでいるという台灣のかたほとり。宜蘭縣は南澳車站の階段に座っている。斑猫が木蔭で、だらしなくのびている。蘇花公路（台9線）のほうから歩いてくるむちっとした小姐。一瞬かぐろい影がわたしと交わる。

嫌われないように傷つけないように誰もが器用に過剰に生きている、その不潔。名づけようのないものを哀しみといってみる、その不潔。見すぎた気がする。いいやまだなにほどのものも見ていない気がするその不潔。だまっている不潔。ちかくの建物に若いひとがつどっているようだ。「島嶼天光（この島の夜明け）」の大合唱が聞こえる。

ヘム（路地）

というか、

後悔することはないのかベトナム。サイゴンはブイビエンのヘムで、ひと晩十万ドン（約五百円）の貸し部屋に泊った。ニントゥアン省のタイアン村へは、列車とバスを乗り継いで片道十時間以上かかるという。予定を立てずにあけておいた五日目。歩道でやっている床屋で、地元ふうに髪を切ってもらい、けっきょく街歩きで一日すごした。饐えた熱気と立ちこめるヌックマムのにおい。意識のうすれる午後だ。マナーは緩い。善意も悪意もいっしょくたに並べられ、ふしぎな聲のより集う街角だ。ドイモイから四半世紀、俗慾は和む。亜細亜の胎の中にいるようで、なんとも居心地がよい。はんこ屋。ブリキ屋。提灯屋。みなぺらぺらと喋っているけど誰も肝心なことはいわない、そんな感じ。そうやって互いをまもりあってきたのだろうか。一体全体あれはどういうのだろう。金魚の絵柄のホーローの洗面器をもって、花屋の店先にずっと突っ立っていた薄化粧のおとこ。学校へ通わせてもらえないのかコピー本を売り歩く少女。豚を一頭せおって通りを渡っていく爺さま。ベトナムの息。ベトナムの耳。わからないっていいなあと思う。いつだって当てずっぽうの歩くだったし、言葉が通じなくても全然かまわなかった。その話しぶりを、聲を、熱帯的肉感をこそおぼえておこうと思った。もう控えめはやめにするヘムはだんだん生活が濃くなる。屋台に坐って小麦麺ミーをすすった世界は間違いなくこの奥にある。ま、なるようになれだ。たまには気持ちよくぼられてみろだ。よく歩き、よくまねび、あとはベトナムのするに任せるだけのことだシンチャオ（こんにちは）！

マーケットが好きスコールが好き金属なら鉄が好き。たいていは未熟だからその過度のさまで知れる。個性とかセンスとか案外つまらない。あれがフランス、アメリカをたたき出したホーおじさんの像。あれがカイコウの泊っていたホテル・マジェスティック。道端の簡易給油所。サンダル直し。白いアオザイの女子学生や、ノンラーに天秤棒を担いだもの売りのおばさら。ヘチマのスープ、青バナナとタニシの煮もの、豚耳の春巻き、イカのトマト煮。おかず皿からえらべるコムビンザンと呼ばれる大衆食堂。そうやってベトナムを拾うて歩いた。ファン・ボイ・チャウを、グエン・ドック・トアンを、その踝の清らかをさがし歩いた。信号はない。いつ渡ったらいいのかわからない押し寄せるバイクの群れにもまれた。直覚だけが頼りだった。ツネイチに倣って、メモ代わりに写真を撮って歩いた。わからないけど知っている理がみえてくる。空。ベトナムのつよい空。カンボジア、ラオス、中国へと広がる空。麺の道。辣の道。絲綢の道。街路樹に吊るされたラジオからの聲。どうしようもなくベトナムだった。そのいちいちをからだで味わいたかった。どこまでも歩いていけそうないのちになる。言葉にすればみなつまらなくなる。ちいさなおとこのこが誰もいないところに話しかけていた。あたらしいひかり、あたらしい闇。あすはいっきに南下する。馬来人、華僑、印僑が混住するマラッカは、シンガポールから高速バスで四時間ほど。ミツハルが逗留したバトゥパハはその途中にある町で、でもたぶん寄らないと思う。そのまま居ついてもこまるし、あれは書物の中だけにしとく。マラッカに当てはない。ただひとびとの行き交うをみて暮らす。犬がいたら犬についていく。

アピアピ

行ったことはないのだけれど、
からだのどこかで知っている。
アピアピ。
北緯4度の純一。
ぢべたに坐ってアピアピ。
スラマッパギ（おはよう）アピアピ。
ことばは通じなくても、
たがいにわかり合えることがある。
いのちの働きなら知っている。
キナバル山を背に、
ルングス、ムルッ、ドゥスン。
潮焼けのまばゆい顔は海洋民族バジャウ。
ほんとうはみんな交じりたいんだ。
じぶんがだれだかわからなくなりたいんだ。
バティックシャツ着てアピアピ。
ひとをダメにする楽園アピアピ。
西にむかって祈るおんな。

早耳のおとこが走る。
物語はいらない分別はつまらない。
ひとりびとりの発光する、
たがいのこどくのともぶれる、
いちいちうれしいアピアピ。
夜のはなびらびらアピアピ。
あぶれ者がたいぎげにスコールを待っている、
なぜとなく生活をすてたくなる、
アピアピはまだか。
アピアピは夢なのか。
どうにも辿りつけない土地なのか。
天寵。
節奏。
揚げバナナ。
ヤシの樹液をにつめた黒砂糖。
淫靡なにおいのアピアピ。
まはだかな聲アピアピ。
なんの続きにいるのだったか。
だれに話したいのだったか。

(『艸の、息』二〇一五年思潮社刊)

詩集〈あるくことば〉から

インドな記憶

インドへは行ったことがない
でも行ったことがある気もする
からだのどこかに
いつもほこりっぽい風がふいていて
ダージリン行きの乗り合いジープのゆれや
グルカランドを夢みる担ぎ屋の顔がよぎったりする
コルカタの小便臭い映画館では
きれいな青年に手を握られていたし
シリグリではチベット料理のモモやトゥクパを喰うた
たぶん、インドへは行ったことがあるのだと思う。
しんこくなる滑稽
うそいつわりがもつ力能
過去の時間もまじりこんで、
ノラ犬がハアハアべろを出して通りすぎる、

音韻の悪いラジオがけたたましく歌っていたどこかの町
制度の外に追いやられたひとびと、
存在しないかのように生きてきたひとびと、
ダリットらの仏教への改宗が広がっているという
児童労働が支える空も（あの子らはわたしだ
排ガスの臭いも道ばたの牛の糞も
しまいには気にもならなくなる
猥雑な生のなかにこそ透き通ったあるくがある
いいやなんか面倒くさくなってきた
インドへは行ったことがある、そういうことにする
ひとは思ってもいないことを口にするものだ
喰うに困ればなんにだってなる
なら、インドともやったことがあるに決まっている。
夜のバス停の周りでは
みな下をむいて顔を青白く光らせている
インドへは行ったことがある

どこにいるのか

遠さ、未熟さをこそ信じたいのに
雨だってわたしの一部だのに
あるき倒すことでしか一日にならない
チェルノブイリとはニガヨモギのことらしい
そこまで行く
事歴と正対することはない
あるくという行為は
ことばをすてながら身軽になるということだ

お前を知っている、
という目を向けられ弱ったことがある
チョッカルをつつきながら生マッコリをやっていた
就職浪人街ノリャンジンの屋台でのことだ
もう素顔などどこにもないのに
わたしはすっかり手遅れだのに
ハラボジはその目をゆるめてくれない
ひとはみなどこか演じている

いま見られている、を生きている
カンジャンケジャンに吸いつきたくなる
イゴ ジュセヨ（これください）

SNSに上げないと体験したことにならないらしい
そこにいる
不謹慎でごめん不適切でごめんそこにいる
なにがそんなに許せないのかわたしら
あるくしかなかった
いつもあるき回るしかなかった
だいじょうぶ
わたしの消しかたなら知っている

島のくらし

ナガタニ川のカワセミ
ため池にはベニイトトンボ
ぶつけた覚えはないのに青じり（ここにも

義母はデイサービスに通っている
喰う分はめいめいの畑で作る島のくらし
ひとの目、というよりも土地そのものにみられている
地蔵堂そばの樟の巨木
そこからまっ黒な夜がはじまる

炎昼だろうがのぼりたくなる坂道だ
デッパリを斫り落として
石のツラを作っているのがいる
からだの使いかたがどこか父のそれに重なる
ヤカンの口からじかに茶をのんで
石垣をまもる者の務めだとわらう
合掌のあるいい聲だ
ゲンノウ、セットウ、コヤスケ、石切ノミ…
からだのどこかに石英の輝きを隠しもつ、
かつて島びとのだれしもが石工であっただろう
ひとごとのようで自分ごとなのだ

だいぶ下った道の岐れでふりむくと
おとこがまだこっちをみていた
かるく会釈をしたが返事らしきものはない
それがなんだ
どくどくと夏のいのち
くる日もくる日も坂をのぼるいのち
容赦のないいい夏だと思った
夏がこれほど夏であったためしはない物を言うな

これからのみどり

あまえのない、
どろのついた聲がする
ただしい土地の力《はたらき》をかんじる
あるくというさみしい病い
クズ鐵をみるとドクドクする、
ときどきつよい訛りで叱られたくなる、
そういうからだだった

どんなことばにも「あの日の映像」がまじってくる
ニガナをちぎってみる白い白い乳

みたことはからだのどこかにのこる
でもだいじょうぶ
こうやってあるいておりさえすれば
五月のまことがふれにくる
母のよろこびをかんじる
あとは艸の差配にまかせればよいのだ
きょうの日のあるくが
いつかおまえを救うあめになる

軍手がかたっぽ落ちていた忘れることも大切だった
べろをだして変わったお顔の地蔵さま

聲だけで、
なにがなしに、
ちかしいひとだとわかることがある
これからのみどり

ことばをもたないものらの輝き
外聞はもういい
身ごしらえこそが清しい

にしてもだ。

問うべきを問うているのかわたしら。
くるぶしに溜るいやな熱のことだ。

聲にはいにしえびとがまじっている。
こども時分の口惜しいもある。
書かなかったことごとでわたしはできている。

孤独死のどこが恥ずかしいのか。
補償金でパチンコに浸かってなにが悪いのか。

映画『ヤコブへの手紙』のレイラの聲。
ことばはすくない方がよく届く。

ささやかにあろうとするひかりがあればそれでよいのだ。

あるく。たべる。まぐわる。
聲でしかわかりあえないことがある。

竹内新訳・駱英詩集『文革記憶』を読む。
書いてはならないことが書かれている胸が悪くなる。
それでもときどき清潔な震えがあった泣きながら読んだ。

わたしは絶望が足りないのか。
それとも不埒が足りないのか。

波路はるかに貨物船がみえる。
かつて海民と農耕民の間に通婚はなかったと知る。
山火事のあとに植えられたというミモザがいま花盛り。

核災以後を生きる聲のひとりびとり。
哀しみでは終わらせない聲のひとりびとり。

ありがとう

つれあいの
髪を洗っている
一週間ぶりだという
たからの持ち腐れだとよくぼやいていた、
ちちふさのあたりを濡らさぬように
注意ぶかく洗っている
あーきもちいい
もっとつよくして
あっ、そこっ
ボリビアにはいかない
手が
はずかしいから
ビクーニャのまったき空を
ラパスの坂道をあきらめて
つれあいの髪を洗っている
九浅一深の秘儀で
いのりのような純一で。

どこかでおんなの髪を洗ったことがあるのだろうという
だまってないでなんとかいえという
お國はこわれているのに
わたしはしんそこうれしくて
のどのあたりがいっぱいで
もう返事すらできないでいる
（うごくと、濡れるよ

春には石畑を一枚つぶして
フジバカマの苗を植えようとおもう
アサギマダラをいっぱい呼ぼうとおもう

手、

そうせずにはいけない手、
はどうしようもなくあらわれる
出自のことではない
寛容になれない醜さがわたしにはある、
そのことでもない
身におぼえのないものがまじる手
洗っても洗っても洗ったことにならない手
つれあいの髪の毛がほとんどぬけ落ちた、
そのことだろうか
食べてくれない返事もくれないそのことだろうか
むかし大倉先生がこっそりくださった、
『原色千種昆蟲圖譜』をめくる手、
手、夜の手
わかっている
この手はいざというとき日和る
洗練、とは恥ずかしいということだ
からだで見る、がなくなるとひとは崩れてしまうのだろう。
だいじょうぶ
手には昔がある
遊行の濃いみどりがある
やけどした川原へおりていく時の
おやおやのまなざしに包まれるよろこび

そこに清潔なふるまいがあるのです。
こわれている手、
ことばだけを信じている手、
いいや手になる前の手
さよならよりも遠くなる、
さみしいよりも犬に近い、
手は感情そのものだから
だれにも矯めることはできないのです

うみのたまもの、はたけのくさぐさ
けさがた、お鉢米を繋ぎあるく婆さまがみえられた
ねんぶつとともにある生活原理
動のなかに息づく静、のようなもの
とおい聲のひとだった
手間をかけあう土地だのに
愛想のひとつがいえない
からだに「おかげさま」がないのだわたしは

旅の空を夢想する
しらない街の路地裏で
よび売りの聲にでも化けようか
それともどこか山ふもとの村で
歩荷らに交じって背負子を担ごうか
あり得たかもしれないもうひとつの生、のようなもの
それが旅の本位だろう
あるく、という宿病
詩を書く、という闇
環りの海には
ひとを孤絶させるちからがある
わたしはひきょう者の気もちがわかる

喰いんさらんかい!
みしらぬ男がビニール袋いっぱい生ワカメをくれた
六時の有線放送がながれる
(おててつないでみなかえろ…
あるものですませる島のくらし

義母がまっている
たべごしらえするか

聾のよろこび

聾はうまれそだった風土で決まる
聾とはなんの顕われだろう

ながつづきしない背な
会社を辞めたと打ち明けたとき
そういうこともあるよ、と母は笑った
そういうところがいまもある

ときどき粗い映像がまじってくる
おさななじみの春ちゃん、
わかくして死んだ春ちゃん、
ずっと誤解したままでいてほしい

告ぐるなき者らの聾
世界のありさまは映画館でみた

わかったことではなく
よくわからなかったことがからだに残る
難民になれない難民
消費されつづける被災者

話は聞いていなかった、
聾だけ聞いていた、
そういう失礼がよくある困る
どこにも居付けないからだだった

聾を聞き当てることと移動をつづけることは一つことだ
　ろうか
あるくはおやおやの無念おやおやの聾に振り回されるよ
　ろこび

わるいあるき

それだのにだ。

つい過去の自分と闘ってしまうなんであのとき殴りかからなかったのか。からだのどこかにどろりと膿んだものがあるそのことだろうか。自分に向かってまくしたてているような、わるいあるきだったあとはいぎたなく丸寝するしかなかった。夢をみた。せわしない夢だ。事由なく殴られつづける二等兵。上官が吐きすてたことばと、同期の者らの侮蔑の目の色。飯盒ひとつを提げて赫い曠野をさ迷っている父の姿がみえる。

貨物輸送用のコンテナをならべたバザール。舗道にのりあげた青い三輪トラック。魯迅街では「和僑会」の幟をもった一団とすれ違う。往来の角をまがると、剝きだしの山膚が迫り、なぜか家畜と乗り合わせた芭石鐵路の乗客だった。重くよろめきながら、いまC2型が「千人脚站」にすべり込む。左の腕にカナブンを這わせている老爺が、飴玉をひと摑みポケットにねじ込んできた。もうなにがなんだかわからない。行きしなのか帰りしなのか。

日干し煉瓦の低い家が点在していた。

いたましい光だ。若者がシステムに、粗末に扱われている。押し黙ったまま働く人人。空が弱っている、二〇三〇年の皇室カレンダー。不穏份子は一掃され、全労働者の派遣社員化が進んでいた。清節はない。集団を信じない。没有主義（主義をもたない主義）のこの不心得者を、誰も叱ってはくれない。

とんずらこいていた。太鼓と笛だけの素朴な音色。羊の皮でつくった筏に乗って、大黄河を下っていた。だいだい色の救命胴衣を着け、知らないおんなと笑っていた香蕉を半分こにして喰うた。なんの計らいもない、人間を優劣でみたりしない黄河。渡し場で手をふる。ほいじゃあの〜。ざいちぇ〜ん。

どなられに、午前様で帰る。情けない！壁に向かって正座しときんさい！そこで目が覚めた。なにが根こぎにされたのか、テレビをつけると戦時下だった。

（『あるくことば』二〇一八年書肆侃侃房刊）

エッセイ

祖々の鉱脈

小学六年生だった。当時わが家の風呂は五右衛門風呂で、風呂焚きがわたしの係りだった。焚きつけ用の枯れた杉の葉の上に薪をのせ、その日も夕方から風呂を焚いていると、父に呼ばれた。「これを風呂に入れてこい」。それは細くけずった竹籤と呼ばれるものの束で、言いつけどおり風呂の焚口まで持っていった。が、どうにも気になって訊きに戻ると、父は「言われたとおりにせえ」と怒鳴る。せっかく作ったものをと思ったが、風呂にくべた。しばらくすると、父がさっきの籤をもってこいという。もってこいといわれても困る。あれは燃えた。あとでわかったことだが、あの竹籤の束は焚口にではなく、風呂釜の湯の中に入れなければならなかったのだ。それは竹を矯めやすくするための、細工師に口伝された知恵だったのだろう。だがもう遅い。わたしは直立不動、叩かれるものとしてその場に硬く突っ立っていた。父はしばらく黙ってわたしを見ていたが、そのうちからだを揺すって笑い出した。シベリア帰りの、いつも不機嫌だった父が聲をあげて笑うのだった。あの日のことはいま思い出してもおかしい。おかしいのだけれど、なにか喉に突き上げてくるものがある。

その年の九月、父は四十八歳で死んだ。脳卒中だった。ご臨終を告げて、歩いて病院へと帰っていく医者の後を、わたしはこっそりとつけた。そして橋のたもとのところで、胡桃大の石を投げつけてやったのだ。あたりはしなかったが、若い医者は振り返ってわたしをしばらく睨みつけた。そして何も言わずに帰っていった。

根っこ

独りを学んだ、
雑のちからに充ちた土地だった。
太鼓を作る家もあって、
夏場は膠の臭いがただよった。
お山にむかって合掌し、

ひたぶるに拝むひと。
すべてのいのちにあやまっていたのか、
いちどきいてみたことがある。
——昔からそういうものよ。
ぼそっというのだった。
あれが根っこ。
あれがわたしを決めた全的に。
爾来、どこにも居つけないからだだった。

こどものさびしみ、
のような空。
〈五万日の日延べ〉からも十年が経つ。
ナナカマドの、あか。
ブナの、き。
あか。
き。
なにがなしに靴を脱いで、
足の先っぽだけ陽のひかりに当てている。
わたしは奮闘したか。

半眼で微笑んでおられる阿弥陀さま。
きいてみたいけど、
きかない。

わたしの詩は、あの時分の感受に根を持つような気がする。だからなのか、ことばは勝手に動き出し、制御できなくなり、主格はみだれ、ついには学校文法の規則さえ破ってしまうことになる。ことばになりきれなかった何かを、ことばでもって指し示そうとするのだから、文章がこわれるのはある意味仕方のないことなのかも知れない。つい里ことばになってしまうのも、標準語では何か大切なものが抜け落ちていくような、あるいは何か余計なものが混じりこんでしまうような、そんな気がしてならないからだ。ところが詩とは面白いもので、そんな文章のこわれや、音の引っ掛かりのようなものが、逆に何かを深く伝えてしまうことがある。わたしの詩も、そういうものにこそ支えられていると気づくことがある。だからといって、わたしはわざと文章をこわしているのではない。あれは仕方なくこわれている。癖のようなものだ。
　そこに暮らした人々の眼差しやふるまいを頼りに書いていると、土地そのものの不思議な力《はたらき》を感じることがある。ことばは否応なく、土地の意志や息づきとの力動的な関係を生きることになる。それはいまだに、無念の始末がつけられていないということだろうか。それとも不在という存在の、そのことだろうか。詩というものはどうも、自分ひとりで書いているのではないような気がする。詩の、身の上のようなもの。わたしはそれを「祖々の鉱脈」と呼んで、ひそかに味方としている。

ゆきがたしれず

荷物を床に置いて
行商のオバサンは疲れ切っている
からだの火照りがじかに伝わってくるかのようだ
みないふりでいる
ふるまいひとつで
なにかが台無しになることもある。

車窓に原野はながれ
ハリエンジュの並木道がながれ
冥銭を焚いて墓地で跪拝するひとらが現れる
どこにも着きたくはないこのまま普通慢車にゆられて
　いたい
どういうのだろう
ことばと
ゆれるひかりと
ずっと途中でいたいのだ

鐡橋にさしかかる
大陸の夕やけ
のどにくる夕やけ
松花江をわたると哈爾濱の街がたちあがる
ここにくるのはわかっていた、
生まれる前から決まっていた、
それだのに
どういうのだろう
哈爾濱はもういいと思った

たいてい知っている気がする
いっそこのまま
行方不知になろうか

ここ十数年、タバコも酒もやめ、始末に始末をかさねて、年に一度のペースでアジアの国々をあるいてきた。ことばもわからないまま、なるがままあるくほかない旅。そこで暮らしているかのようにふるまいたいと願う旅。互いに知らない者どうし、いのちといのちが、一瞬であれ確かにすれ違うというのはなんともうれしいものだ。ついさっきすれ違った人の行く末を、我がことのように案じていることさえある。そうやって一瞬の、一度きりの出会いを愛しむ旅だ。

旅先ではまず市場を覗く。金物屋、雑貨屋、文房具屋も外せない。駅やバスターミナルなら一日いたって飽きない。何もしない、分からないをうれしみながら、人々のそのいちいちをただ見ているという至福、そういう旅。

喰うことにもこだわりがある。旅先では一食たりともおろそかにはできない。だからといって、予約が取りにくいとか、星いくつとか何年物が置いてあるとか、そういう店には何の関心もない。飯は平場で喰うにかぎる、ずっとそう思っている。賑わっていそうな店を選んで、人がたのんでいるのを盗み見たり、話し聲や食器を片付ける音なども楽しみながら、そうやって土地ごといただく。あるくと飯の、ただそれだけの旅ともいえる。

たじろぐこともある。話せないのをいいことにボラれたり、やばいのに囲まれてヒヤッとさせられた夜もある。だが、知らない、分からないほどドクドクすることはない。そうやってあるき書いてきたのだがどういうのだろう。どこか「祖々の鉱脈」作用のようなものを感じてしまう。その土地々々の、得体の知れない力と相俟って、どうもわたしに加担してくれているようなのだ。

こうしてみると、「祖々の鉱脈」とは、単に詩に影響を与えているというだけではなく、どこかで旅の仕方を変えていたり、人との出会いを少しずらしていたり、そうやってわたしの未来をも動かしているのではあるまいか。そんなふうに思えてならないのだ。

（2020.7.11）

作品論・詩人論

草靈のゾーンから　松岡政則詩集『草の人』を読んで

長谷川龍生

松岡政則の詩集『草の人』を幾たびとなく読み了え、幾たびとなく、私は立ちすくんでしまった。国際的なスケールの巾広い漂泊の旅ではない。また外部における行動半径の変化を示すものでもない。いきなり脳底の膜のような部分にひびいてくるものは、彼の全人格的な内部の深い漂泊であり、もはや松岡政則の故里は、草靈と化して、彼自身の背後に肉迫し、すっぽり全身を蔽いつくしているように見える。つまり原点が群雲になって、彼の前方にも後方にも垂れ込めているのだ。

そのふさがれた様相を、ひらかれた鋭い詩をつくる眼が、隙間のない意識の光をもって見つめつくし動いているのだ。見つめ動く人。道を一つ一つ小きざみに寸断する人。雲のように流れ込む原点風景を歩きつづける人。その歩調までも小さな心臓によってとらえ、小さな肺臓によって呼吸しなければならない。苛酷だと思える。苛酷だが宿命と言える。宿命と言おうか運命と言おうか、その群雲の真下の道を、松岡政則はひたすらに歩いていて、頭脳の構想力はたえず故里をふりかえり、故里の草いきれのような歴史に、襲われているのだ。それでいいと思う。それしかない。それしかない動きが、詩集『草の人』を支えつくしている。

南ロシヤに原風景をもつ映像作家のタルコフスキーを端的に想起した。水の匂い、湿潤の匂い、緑濃き生気のあふれた土の崩れ。その粘着性のおびただしさに舌を巻いたことがある。それは離れられないタルコフスキーの「ゾーン」であった。私は松岡政則に憑きまとって離れない「ゾーン」をこの詩集の到るところに発見することができる。詩行の言葉を拾ってみよう。

あの野っ原の奥深く迷い込んで
カヤでいっぱい手を切りたい
アスファルトからの血をどくどく流して
自同律の根元を治したい

（「痛点まで」）

異形と畏れられたあの者らこそが真に草を呼ぶ言葉を
　持っていたのだ
（「聲の者ら」）

嘗ての門付け芸人や種種の振売りら
亙り歩いた者らの足運びが交じり込んでくる歩くなら
馬喰者や蟲師や砥ぎ師や修繕ら
（「これがこの夏の歩くです」）

〈デバリ〉が小さく〈ヨラ〉の長いもの
そういう竹が最も好まれた
収縮と恨みを無くす為の〈油抜き〉〈陰干し〉
細工師がすはだかにされる〈割り〉〈節ぬき〉〈削ぎ〉
そして縄文の昔からの〈網代編み〉〈もじり編み〉〈六
　つ目編み〉
（「エネルギー」）

瀞《とろ》に向かって一回お辞儀する
瀬に向かって二回手を叩く
淵に向かってもう一回お辞儀する
魚捕りの前の

それが川筋者の習わしだった
（「目笑」）

かつて一族の細工師たちは
網代編みで　千鳥編みで　御座目編みで
〈うすいみどり〉を編み込んだ
箕　篩　笊　背負籠　筌　魚籠
〈うすいみどり〉を編み込んだ
（「亡郷症」）

独特の用語が「ゾーン」を形成している。「ゾーン」以外の人々は、そこに立ち入ることはほとんど不可能である。

「あの者らの眼を解き放ってやらねばならぬ／侮蔑と痛憤の日々を／今日的に雪いでやらねばならぬのだ／わたくしはそのためだけに生まれてきた者／この土地とあの者らとの／スリリングな隔たりをこそ生きる者」（「聲の者ら」）

松岡政則の特別な力みは、闇の底から伝わってくるのであるが、真の闇は現在は存在するのであろうか。私はためらってしまう。闇はとっくに消え去ってしまってい て、実は白日の下にさらけ出されてどうしようもない近代化が裏がわから手を伸ばしている。「ゾーン」は亡郷であり、内部の方に陥没した白い闇である。この詩集に収められている一篇一篇が自己の内がわから告発している怒りであり、悲しさであり、生きぬいていく手立てであるのだが、周囲の読者たちをつよくたじろがせる力みが貫いている。

時空間とは怖ろしいものである。過ぎていく時間の下に大変異を遂げようとしている。変異を遂げないままでいて、尚かつ「ゾーン」に一種のノスタルジャーを持っているのは詩人だけではないのか。時空間に勁い詩人と時空間に弱い詩人とに分ければ、松岡政則はどちらの側に組するのであろうか。荒れ狂う人間の内部の近代化は、風化によって「ゾーン」の利点を喪失しているのである。

松岡政則の詩の手法は独特の展開を見せて、おもしろいところが十分に備わっている。とくに草霊の「ゾーン」を離れた「津軽な日々」や「大阪」は軽快で明朗であり、どこまでも明るくシニカルである。ややもすると嘲笑的である。得がたい手法であることには間違いはない。この二篇の手法から見れば、彼の近未来の展開が十分にうかがえる。つまり、頼もしいと言うことである。百聞は一見に如かず、一見の力の在る詩集であるが、一見百識をひき寄せて、現実の裏舞台が押し寄せてくる。

（「すてむ」36号、二〇〇六年十一月）

無媒介性の詩学

阿部嘉昭

やはり松岡政則は、第一詩集『川に棄てられていた自転車』劈頭に収められた詩篇「家」から誕生したのだろう。彼はこの詩篇によって、第二十七回（一九九六年度）新日本文学賞を受けた（これは実は三度目の正直で、一九九四年度＝第二十五回には詩篇「竹」、一九九五年度＝第二十六回には詩篇「「ここは地下道出入り口の階段です」」が、すでに新日本文学賞の最終候補作に残っていた）。「家」は、第一行目のフレーズ「石を投げている」が以後も高い頻度で詩行を襲い、その同音が「節」になって詩篇全体が高度に反響化・律動化してゆく。全体が竹林のような音響なのだ。途中を引こう。

箕作りの音が
竹を炙る匂いがいつも男を苛つかせた家

男は入ろうとはしない
近づいてのぞき込んだりもしない
ただ石を投げている
その笑えない距離
誰もよせつけない険しい距離
石を投げている
何かをぶちまけるように
自分に絡んででもいるように
土壁にあたる、鈍い、どす黒い音、
音が重みをおびてかぶさってくる
石を投げている
男にもうまく説明できない石を投げている
〈今日一日主張しないこと〉
そうやって自分を閉じ込めてきた石を投げている
ムラを捨てたのか
ムラに捨てられたのか
ワラビやイタドリも
たけるだけたけている石を投げている

（本書一〇〜一一頁、以下すべて本書の頁数）

引用にもあるが、「石を投げている」主体は、非人称性の高い「男」だ。この非人称性により、「石を投げる」行為が人称の外に純粋に解き放たれる。生家界隈（下ってゆけば沢になる中腹の廃屋群落）への投石という不穏な行為も、恩讐から離れた自立性を獲得することになる。

石を投げる理由は明示されている。《箕作りの音が／竹を炙る匂いがいつも男を苛つかせた家》に着目すればいい。被差別民として扱われることの多い山窩の生業が書かれている。「男」の直情表現はほぼ禁欲されているから、この詩篇から怨恨を印象する読者は少ないだろう。詩篇化されたことで蒸留が起こっている。むろん「詩の作者＝詩の主体」という擬制は古めかしい。虚構の可能性すらある。そこで『川に棄てられていた自転車』の他の詩篇に当たってみる必要が生じる。本文庫から割愛された詩篇「憧憬」にはたとえば以下の一聯。《〈連絡《ツナギ》〉の地／このクマザサの尾根へとつどった民／〈軽身《カルミ》〉で川面を歩いたり／〈密報《ウラツデ》〉の地鳴きを真似たり／そうやって飄々／〈瀬降《セブ》〉っていたのだ／箕作りの音を／焼き畑の匂いを／風は覚えている／太古の鼓動を孕んでいる》。あるいは松岡の第三詩集『金田君の宝物』中の「一所不住の声」（三二頁〜）にも以下の一聯がみえる。《こども交じりの／声がする／上の方で騒いでるのがいる／あれはかつて／転場者《てんばもん》と嘲られた者たちではないのか／それでもまつろわなかった者たちの／場越《ばこ》しのそれではないのか》。「瀬降」「転場」といった、山窩と似た歴史的階級語が臆さずに記されている。「まつろわぬ」＝「体制に帰順しない」という語にも矜持がある。松岡は出自表明後の中上健次の場所から自らの詩業を開始したのではないか。『川に棄てられていた自転車』収録（本文庫未収録）の「夜の蟬」にはこの先達の作家の名前が確かに登場していたのだ。

ただし上記引用にはまだ言及しなければならない点がある。①「石を投げている」直前の連辞が修飾節か、②「切れている」か、の違いを吟味してみる興味が湧くのだ。たとえば《自分を閉じ込めてきた石を投げている》は①だが、《ワラビやイタドリも／たけるだけたけている石を投げている》は、「蕨や虎杖も長けるだけ長けている」「〔男は〕石を投げている」の二文が、句点なしに接続されていると読める。異なるふたつが修辞の熱により跨ぎ超えられ、無差異性の合金が錬成されたのだ。この無媒介接続が、方言の使用とともに、松岡の詩法の根幹となる。松岡詩に親炙した読者なら、「歩くこと」が「歩く」になり、「　」なしの歩く、あるくになっていった、無媒介性に向けての縮減が立ちどころに思い浮かぶだろう。これは文法的には「動詞の名詞化」だが、名詞＝概念を動作という局面でモノ化する、意図的な暴挙、ことばの裸身化と捉えるべきものなのではないか（当然、連語をもっと大きな単位で捉えれば、「無媒介性」の代表格として、「自由間接話法」のことも頭を掠めてくる）。この経緯を抜粋して示してみよう。

遠い日の濃い緑を抜けてきた「歩く」
あなたの事がみっともないくらい好きだった「歩く」
ぼくは「歩く」の本来の在りようを
「歩く」の少し前を考える
母の母の
そのずっと昔の母の「歩く」のあとを
ぼくはこっそり追尾《つけ》てみたくなる

（「それはもう熱のような「歩く」で」部分、『金田君の宝物』、二二頁）

まだこの段階では、歩くは「　」で括られ特殊化されることで、いわば動詞ままの片言隻句ながら名詞化されている機微が説明的に伝わってくる。「歩く」は移動を旨とする存在の運動的基本であることを離れないから、修辞的驚愕にもまだ関わっていない。ところが、

遠くで
草が騒いでいる
胸の中でもざわわする
あれはたぶん
父に酷く叱られた日の
星明りの青い青い歩くだ
何度振り返ってみても

誰もいなかった青い青い歩くだ
（「痛点まで」冒頭、『草の人』、四一頁）

この詩篇の、歩くのうつくしさはどうだろう。「　」なしに無媒介化されたことで、歩くの非人称化された至純形が青さのもとに浮かびあがっている。それでも一節は、以下のような散文化を許すだろう。「父に酷く叱られて星明かりのもと草のなかを歩き続けて夜に青く青く染まり、孤独の極みで振り返っても誰もいなかった、そんな幼年期の自らの心もとない動きをしるすように、遠くで誰かの移動によるのか草鳴りがして、この胸にざわめきをひろげる」。こうした理路が「言外」となる（消去される）ことで、歩くの進行形の歩みだけが孤絶して印象づけられるのだ。文法破壊の功徳。

先の「それはもう熱のような「歩く」で」の引用中には母が存在していた。松岡詩では無媒介的な磁力の根源が母でもあった。母の余命を医師から宣告されたときの夜桜の描写が衝撃のうちに母と不分離になって胸を打つ詩篇「桜」もまた本文庫未収録だが、以下のような圧倒性をもつ。《さくらさくら／さくらの闇ださくらだった／息を止められ／これがさくらなのかさくらだった／去年は母が前を歩いた川土手のさくらだった／あの日のマサ土の道が／アスファルトに塗り固められているさくらだった／そのどす黒い地面をはらはらと走るさくら／下の大川にも舞い散るさくら／病室から逃げて来たさくらだった／身内に連絡をと言われたさくらだった／どうしようもない／さみしいおそろしいうつくしいさくらだった／辺り一帯が／ほんわりと明るんで／月の光をじっと溜め込んでいたのかさくらだった》（「桜」部分、『ぼくから離れていく言葉』）。文法破壊が連辞のうつくしさと圧倒性を喚起している。

松岡詩では歩く領域として草＝艸が召喚されてくる。草＝艸では多元性が圧縮される。自然、故郷、被差別地域、周縁性、華美からの距離、まつろわぬ生き方、雑民、民草《たみくさ》などが一語になっているのだ。そこでは草を歩く者が草そのものになる法則もある。

崩れかけた野面積みの石垣を抜けて

誰よりも強く空を感じてやるということだ

記憶などというな
そんなつまらない語はもう使うな
草に触れながら
草にも触れられているという感覚
原初の発語と
清潔な筋肉と
血の系譜に向かってただ歩きはじめればそれでいいのだ
草に追われていると感じるまで歩き続けるだけのことだ
（「草の先」部分、『金田君の宝物』、一二一頁）

生来、まつろわぬ身
艸をはなれて艸をする身
家郷はすでに異郷だったなんかほっとした、が正しい
文法はまもらない
からだのどこにも教えはない
鶏どもがさわいでいるケージのない平飼いをやっているようだ

わたしがひろがっていく、が野っぱらで
ことばの素顔にさわりたい、が詩だ
（「くさわた」部分、『艸の、息』、一〇一頁）

歩く＝漂泊は、動作の純粋形であることで無名性へと連絡してゆく。歩く場所が国内でも台湾を嚆矢にしたアジア各国でもそのことは変わらない。歩くの本質が「転場」「度外」「制外」「真宗移民」などにあるのなら、歩くだけで無名性の普遍が到来するだろう。そうした松岡のクレドをしるしたことばが、本文庫未収録、『口福台灣食堂紀行』中の「青空市」の一節にある。《そうやって歩くが歩くをわすれて貌になるまで、礼意をこめてくるまで歩き回るのだ。》。歩行が歩行の窮みに辿りつくと全体が無名体の貌になり、その存在が世界や周辺からの感謝の念に包まれて透明化する——その次元まで歩き回らねばならない——この謎めいたことばにはそんな奥行

があるのではないか。

ともあれ松岡詩は上記のような金言（見事な箴言）にあふれている。雄渾な響きをもつ断言は、自然回帰の文脈に置かれると、卓抜なコピーライティングのような独立性をも響かせるようになる。うち幾つかを抜萃してみよう。《漂泊《ながれ》ていないと／空が痛くなる》（「空が痛くなる」部分、『金田君の宝物』、三七頁）。《何なのだろう／いま行ったのは／直ぐで、野なものに、／確かにぶつかられたような気がした》（「夜の公園」部分、『ちかしい喉』、七三頁）。《歩くという行為はそのように／正直な喉になることであり／口づてであり報復であり知であり／祖々を畏れながら棄て続けることであった》（「わたしではありません」部分、同、七六頁）。《どこにいてもそこはわたしという場所ではありません／いつの躰もわたしといえるわたしではありません》（同、七七頁）。

《歩くとめし。／それだけでひとのかたちにかえっていく》（「口福台灣食堂紀行」冒頭、『口福台灣食堂紀行』、八一頁）。《誰もわたしを知らないはうれしい／わたしも知らないわたしでうれしい》（「タイペイ」部分、同、八九頁）。《ここにはわたしをよろこべるひかりがある》（「ダマダマ！」部分、同、九一頁）。《世界はモノではなく／コトの現われだとわかる》（「げんげなのはないぬふぐり」部分、同、九三頁）。

《土地をうたがわないこと／境がないを生きること／そうやって艸のこどもに還っていく／かつて、うかれびとが行き交ったのは／いま、ひかりがあつまっているあのあたりだ》（「野歩き」部分、『艸の、息』、一〇三頁）。《聲こそが本性だろう／文体とは態度のことだろう》（「三段峡行」、同、一一〇頁）。

《猥雑な生のなかにこそ透き通ったあるくがある》（「インドな記憶」部分、『あるくことば』、一二一頁）。《あるくという行為は／ことばをすてながら身軽になるということだ》（「どこにいるのか」部分、同、一二二頁）。《ここでは誰しもが未熟になる／半分でいられる》（「ラジオ」部分、同、本書未収録）。《からだで見る、がなくなるとひとは崩れてしまうのだろう。》（「手、」部分、同、一二六頁）。《聲を聞き当てることと移動をつづけることは一つことだろうか／あるくはおやおやの無念おやおやの聲に振り回されるよろこび》(「聲のよろこび」部分、同、一二八頁)。

いまふとおもった。松岡に関わるこのような書き方は、松岡を抹香臭く誤解させる因にならないだろうか。気をつけなければならない、実際の松岡は謎めいている。顔の公表も避けられているようだし、出自に「艸」「竹」をちりばめる以外は、最終学歴も現業も家庭の詳細も露わではない。現在でいえば、故郷広島郊外から離れ、瀬戸内の島に住み、台湾を嚆矢にしたアジア旅行、その歩行によって卓越した詩篇が続々と作られているということだけが詩篇から判明する事柄にすぎない。とりわけ本文庫での既存詩集からの詩篇割愛によって、さらに松岡の経歴掌握がわかりにくくなった面があるともおもわれる。たとえば松岡がかつてタクシー運転手だったかどうかの謎に迫られる以下のすぐれた詩篇がある。本文庫未収録、『川に棄てられていた自転車』中の「TAXI・BLUES」の後半を引いてみよう。

午前3時
繁華街を流している
俺は通りの出口にへたって客待ちなどしない
ゆっくりと川のように流し続ける
〈一所不住〉の
流浪の民の血がそうさせるのか
ひと所にとどまっているのがどうにも落ち着かないのだ
だからみろ
プラタナスやセコイアの
街路樹が流れていく
ネオンサインが流れ
大型の廃棄物運搬車が流れ
遠くでおらぶようなクラクションが響く
提起はいつだって否決され
デモの隊列からも弾き出され
あれから何となくタクシーに乗って
十年流してムラを捨てた

連なるビルが流れ
くたびれた人影が流れ
電光掲示板の文字が流れる
都市ばかりがタフな時代を
少し低みから見る世界
街が流れ
夜がちぎれ
その底を俺が流れている

最後の聯は、松岡の生年が、学園闘争の最後の世代だった点と内容的に一致している。その後に、タクシー運転手を十年やったと告げられている（こう書いて、事実探索をしようとするのではない）。松岡が案外「都市派」だった点は、「旋盤工」と自分の職を告げながら、詩作に惹かれていった若い頃を振り返った以下の胸を打つフレーズとも共鳴するだろう。《勤め帰りにはよく寄り道をした／金網のフェンスにもたれて／都市を行分けしたりした》（「「ここは地下道出入り口の階段です」」部分、『川に棄てられていた自転車』、一一頁）。歩行と旅とアジアと身体と食について、制外者、まつろわぬ者として鞏固な実践的知見を固めていった松岡の存在論的な「安定」に対し、青春期の動揺や感銘を詩篇から掘り出すことは興趣に尽きないだろう。さらに必殺感涙の詩篇といえばこれではないか。

臭い立つような
てらつく路上はまだ生温かくて
都市の鬱など触らなくてもわかった
覆い被さってくるような
高層ビル群と
電波塔が癒着しているちょうどあの辺りが人を駄目に
　しているのだ
立ち止まって
でも振り向かずに
ぼくは草からきたことを話した
時々どうしようもなく押し寄せてくる草の
そのことを話した
沈黙のその引き裂かれの中にも草がくるのだと

そのことを話した
あなたは黙っていた
でも黙られるとは正直思わなかったから
ぼくはまた歩くフリをしなければならなくなったのだ
その時
後ろから抱かれた
背中に
草がきた
都市の夜が
ずっと遠くまで止まって見えた

（「草の夜」全、『草の人』、四四頁）

抒情性の高さは、定まった者と永の付き合いをするにあたり、自らの出自をカミングアウトしたと捉えられる切迫した局面にまず関わり、次に相手の失語、そのあとの愛情の籠った仕種が解決的に現れたあと、都市の遠景が停止するような永遠性までもが到来するためだろう。映画の一景のような描写の迫真がある。同時に、この時点から松岡詩の語彙に草＝艸がふえてくるが、草をつかった暗喩構文の多岐にわたる可能性がすでに掘り当てられていて驚愕をしいられる点が、この詩篇の高さをしるしている。しかもそれは「草からきた」「草がくる」「草がきた」などという、「草」と「来」の配合だけのことなのだが、最後の「背中に／草がきた」の瞬間では、草が個別的な出自から普遍性、身体のやさしさという、みたこともない様相に瞬間変化していて、息を呑んでしまう。このときの「背後から」の位相によって、前方の都市の夜がその光の点滅や移動などを停止させるのだ。鮮やかきわまりないのに、実際は人ではなく位相だけが前面化され、詩篇は抽象美を発現していて、驚かされる。

この「抽象美」というのは、松岡詩の眼につきにくい魅惑ではないだろうか。繁体字、地名、料理名など台湾の具体性にあふれかえりながら、見事きわまりない松岡の紀行詩集『口福台灣食堂紀行』の隠し味になっているのは、現実原則から外れたこの抽象美とよぶべきものだとおもう。筆者にとってそれは犬の気配をともなって訪れた。詩篇「集集線」の冒頭（八二頁）。

バスはまだ来ない。
毛がまだらに抜けおちた病み犬が一匹、
はあはあいいながら町のほうへとこわれていった。

この文法破壊＝綺語にたいしては、台湾先住民の抗日蜂起事件を扱った詩篇「霧社」の、次の不可思議な結部が間歇共鳴する（八五頁）。ほんの一例だが、こういう細部こそが『口福台灣食堂紀行』の醍醐味だろう。

南投縣仁愛郷南豊村霧社。
遠さなら知っている。
うえの畑に犬がいる。
哀しみの温もりのようなのが。
こっちへ下りてくるのかもしれない。
いいやからだのなかに入ってくるのかもしれない。

松岡詩が「まつろわぬ者」の「旅」という安定的な布置から離れる瞬間を、読者はこのようにして待望しなければならない。まずは「ののもののみど」（全）。『口福台灣食堂紀行』より。

からだのどこにも
根性と呼べるものがない
だれに嘘をついたかもわすれてしまった
うっすらいたからこうなった
水溜りにカラスアゲハがおりている集団で吸水している

なにかのひょうしに
あなたの手にふれたことがある
あの時あなたの全部にふれた気がした
それは伝わらないではいられないものだ
イタドリが長けまくっているひとの背たけをこえている

複眼のみどりと静止飛行
オニヤンマがパトロールを続けている
クレヨンで画いたような濃い夏だ

じぶんのことなのにわからない
なんであんなことを言ってしまったのか嫌で嫌でやれん

野の者の喉でおらび倒してやった
じぶんの聲ではあったが
祖々の聲でもあった
独りと、肉慾と、野っぱらと、
そこにどんなちがいがある同じことばのような気がする（九八〜九頁）

聯のつながりが論理的に理解できない、そこが凄い。聯が無媒介につながっている。昆虫類のイメージが強く残るが、一人称のほうは「じぶん」だけが目的語めいて残存しているため、像をつよく結ばない。一回だけ出てくる「あなた」の手にふとふれてしまい、そこで自分の真情が身体的に露呈してしまった、それで言ってはならぬことを言ったが、「野の者」としてそれを言い、それが祖々《おやおや》の代弁だったとも自覚されている。つまり、発声が孤独と肉慾と「野」を複合させたものだったという自覚。たぶんこの詩篇は慚愧によって書かれているはずだが、書法と中心に謎があるために怪物的な風情を湛えたままだ。「野の者」である「自分」が「あなた」をおらび倒すほどの危ない力感をもっている、そのことが伝わってくるだけの、換喩的な「部分詩」というべきだろう。

もう一篇、実在の女性詩人「草野早苗」の名前を出した、恋愛詩だか妄想詩だか挨拶詩だか判別できない奇怪な詩篇も、松岡は書いている。『艸の、息』から「詩のつづきにいると」を途中省略して引く（全篇は一一二〜三頁参照）。

会ったことはないのだけれど
もう会ったようなものだ
詩集『キルギスの帽子』に
「村の一角」
という詩があって
くさのさなえを知った
いいやその孤独にじかにさわった、といっていい

一篇の詩とは
そういうものだ
（…）
先回りしたバス停からのりこみ
くさのさなえのななめうしろに坐る
ビシュケク行きの小型バス
キルギス人もウズベク人も
かおを背けたまま押し黙っている
（…）
くさのさなえは黙っている
ふり向きもしない
眉のあたりがなんだこいつ、という感じ
そうやって詩のつづきにいると
もうどんな自分でもかまわない、と思えてくる
くさのさなえの幼きものや
しどけないまで混じりこんできて
そのままバスのなかに住みつきたくなる
家庭がなんだ
一篇の詩とはそういうものだ

「くさのさなえ」とは面識がないのに、座席を前後するバス旅行が妄想され、それが草野早苗の詩世界を反映するかのように旧ソ連辺境の草原を進み、途中割愛したが、ユルタ（移動式住居、パオ＝包とおなじ）が遠くに流れてゆく車窓風景もうたわれる。ないものをあるもののように騙る詐術が前提となりながら、最終七行の衝迫力はいったいなんだろう。しかもそれは「くさのさなえ」の「幼きもの」「しどけ」なさに反応しながら、自分の現世が草野の「詩のつづき」にあることの絶頂をよろこんでいるようなのだ。性的な感銘が、反世界への接近に反転してゆくこと。それを他人事とする余裕。三度にわたる「――ものだ」の語尾は、強引さを印象づける意図的な遊戯だろうが、言語化されたものが、言語化以前のすべてをくるみこんでしまう、暴力とも至福ともいえないものが全体を領している。見たことのない恋愛詩のような この詩篇は、松岡詩のなかでのとりわけ不可思議な一作に位置づけられるのではないか。詩中に示される関係性が無媒介なのだ。というか、無媒介性は「 」の脱落に

よる身体性の直接化をすでに超え、捷径連絡という、世界の空間の秘密にふれることにまで昇華されているのではないか。

（2020.12.31）

遊動する野の光の歩行　松岡政則の詩

中原秀雪

松岡政則の詩が、広く知られるようになったのは、二〇〇三年に詩集『金田君の宝物』が上梓されてからである。この詩集によってH氏賞を受賞したが、それよりも大きな意味は、これまでの現代詩の世界に彼が持ち込んだものの衝撃であった。都市を中心とした高度消費社会の爛熟《らんじゅく》の中で、無意味な形式の反復と洗練に没頭する「日本的スノッブ」の文化的状況にあった時期に、彼は「山の霊気」と「原初のいのち」、それに「蔑まれたものの声」を持ち込んだ。それは異様とも思われるくらい不思議な魅力を放ちインパクトの強い言葉だった。冒頭の「背戸山」は次のように始まる。

――――。／ぼくはどこにも帰れないという捩じれを生きている。／川にも疎まれるようになった躰を生きている。／だからなのか。／なのになのか。／背戸山背戸山。／唄者《うたしゃ》だった長《おさ》は時々子供らだけを連れ出した。／月明かりの杣道を皆であえぎ登ると、／連絡《つなぎ》の地と呼ばれたクマ笹の尾根に出る。／そこから山司《やまのつかさ》までいっきに駆け登って、／ぼくらは息をのんで見上げたのだ。／遙かな遙かな宇宙を。／どこまでもどこまでも宇宙を。／ぼくらの声は星星と響き合う。／ぼくらの躰は透き通っていく。／舞うように降りてくる青白い時間の帯に、／ぼくらは素手で触ろうとした。／背戸山背戸山。／それは濃厚な原初のいのち。／それは蔑まれた者たちのあるかなきかの声。

（「背戸山」の一連）

この詩は、山の集落を離れた者が、都市の生活に染まりながら、帰れない故郷の少年期の思い出を憧憬する内容になっている。ただそこには、戻ることを許さない忌《き》避《ひ》の感情が働いている。〈捩じれを生き〉る葛藤がある。そこから生まれる月明かりの山頂での子どもたちの声と響き合う星々、遙かな宇宙。この、日常を抜け出した崇高で怖くなるほど美しい、寂寥《せきりょう》に満ちた特異な感覚は得がたい。それは、知識や観念によるものではなく、身体で体感した霊気を放つ「触れる」である。触知とも言える。この特異で稀に見る感覚は、原初の力を感じさせながら、どの詩篇にも浸透している。

故郷の山や川や肉親への「憧憬」と「忌避」の感情に絶えず揺れながら、蔑まれた者の心の奥底から言葉は表出されている。その怒りや澄み切った批評は、どうしようもなく溢れ出るものだ。彼の詩の文体は、レトリック上の単なる技術ではない。身体に付きまとう感情等の吐息や心音や血流にそったものだ。そのため、自然に身体の延長にある土の匂いのする方言や話し言葉など、口語が多用されることになる。「背戸山」の二、三連はそのことを暗に伝えている。

どうにも遣る瀬ないのは時々背戸山が震えているということ。／ぼくの躰がその震えを拾ってしまうということ。／ほっぺたが痛いと思ったら、／雪がチラつい ていた。／バス停のところに、／冬が裸足のままつっ立っていた。／姉さん。／不意に姉さん。が過《よ》ぎる。

／三つ編みをしていた中学の頃の姉さん。／いつ頃からか音信不通の、／姉さん。は元気でいるのだろうか。／背戸山背戸山。／血管《ちくだ》が熱くなる。／裂けてしまいたいくらい恥ずかしくなる。／／〈あの日姉さん。はバスに乗らなかった。／〈停留所に一人。いつまでも座っていた。

（「背戸山」の二、三連）

ここにある文体は、詩の流れを止めるように句点が使われている。意味ではなく、溢れ、留まる感情の在り様に忠実に配置されている。些細な文法上の約束を破り、情感の起伏にそって言葉がある。それは、〈冬が裸足のままつっ立っていた。／姉さん。〉であり、息つぎのない〈背戸山背戸山〉である。

また〈あんなにも痛ましく人は泣けるものなのか／見渡せば葦の穂を揺らして／川原ごと泣いているのだったと〉（「カワガラス」）や〈声までびしょ濡れてきやがる／何もかもをあらわにして／知ったことかと降りまくる〉（「雨」）など荒ぶる神・スサノオを思わせる比喩や端的で歯切れのいい清々するような力強い文体は詩篇の随所に見られる。身体にともなう原初的な、野の力を感じさせるものである。

さらには、〈怒りとも哀しみともつかぬどろどろを／躰のずっと奥に匿ってきたばかりに〉（「川に飢えている躰だった」）の〈どろどろ〉、『ちかしい喉』に所収の〈どくん、どくんと／母胎に還っていくように、寝る〉（「どうよ。」）の〈どくん、どくん〉、『あるくことば』の中の〈やけどした川原へおりていく時の／おやおやのまなざしに包まれるよろこび〉（「手、」）の〈おやおや〉など多くの「擬音」が目をひく。身体から離れず、洗練されないプリミティブな音の持つ「いのち」の本源が伝わってくる。卑俗ではあるが、情の深い話し言葉を圧倒的に送り込み、これまでの日本の伝統的な詩のシンタックス〈構文〉を見事に毀《こわ》して新たな詩を再生している。この詩人の業《わざ》に目を瞠《みは》る思いだ。そこには、詩人で思想家である吉本隆明が、かつて『マス・イメージ論』で指摘した、装飾することや格調を整えることが高度であるという思い込みの拒否を、彼は無意識のうちに実行しているのかもしれない。

この詩人について語るのに忘れてはならない独創的なことがもうひとつある。それは、一貫してこだわり続けた「歩く」だ。そこに彼の身体の思想が潜んでいるような気がする。『艸の、息』を辿り、あらわな抵抗と反発する言葉の力を感じながら未成の世界に入り込んでいきたい。

鉄《くろ》のにおいがする／艸絮がいっぱいとんでくる／ことばになろうとするものらのかすかな怯え、のようなもの／（あとはよくわからない／／きずついたひかりにかこまれ／だれもがおなじふるえのなかにいる／わたしはありったけで立っている過去からの聲をまっている／／生来、まつろわぬ身／艸をはなれて艸をする身／家郷はすでに異郷だったなんかほっとした、が正しい／／文法はまもらない／からだのどこにも教えはない／鶏どもがさわいでいるケージのない平飼いをやっているようだ／／わたしがひろがっていく、が野っぱらで／ことばの素顔にさわりたい、が詩だ／（いいや逆でもかまわない／以後の身ぶりをおぼえてしまうともう自分の手とも思えない

（「くさわた」全行）

制度に組み込まれず、艸の民として境界もなく、言葉の文法を破って、土地を野の光を突き抜けてゆく。それは、「いのち」の力であり、草莽としての聲である。これまでも述べてきたように、ことばは、頭脳ではなく、身体と五感が発するものだという確信が詩人松岡政則にはある。視・聴・嗅・味・触を総動員して、「歩く」ことで抗うという思想だ。定住ではなく、「遊動」し続ける世界でこそ、解き放たれる「わたし」がいる。「歩く」ことで抗い、獲得する、それは「わたし」自身である。「遊動」をとおしてしがらみを解き、共同体を超える試みでもある。その流れの源は、身体の裡にあると言って良いだろう。

また、「コバ」＝「焼畑農法」に見られる共生はこの詩人の願うところである。それは、雨に息を吹き返す艸たちの懇願でもあるだろう。ただ、近代以前の定住農民の暮らしを念頭におき、「遊動」社会に葛藤のない公平な理想郷を見ることで、見落としてしまう陥穽があるの

も確かだ。「経世済民」の果てに、共同体を蘇らせる農務官僚で民俗学者である柳田國男の深遠な保守思想が含まれているからである。さらに、「千艸百艸」の中で詩人は付けくわえる。「風紀良俗」を乱すことで溢れ出る聲、「わたし」を消して勢いづく普遍的な民の聲である。いわば民衆のカーニバル的祝祭の解き放たれたどよめき、戯《ざ》れ歌である。その、いのちの根っこと艸たちは、「土徳」によっても止められないのは判るような気がするのだ。豊かな自然の中、あらゆるものに感謝し、仏を拝んで内省する浄土真宗の風土＝「土徳」を突破して、抗う力は湧出するのである。

「歩く」ことでしか治せないこと、それは、己の解体であり、感性の刷新であり、旧い価値の転倒である。つまりは、共同体＝ムラの解体なのだ。それは、癒しでもあるだろう。生活の染みついた土俗のことばで、土の中から語りかけるのも良いかもしれない。それ以上に、「遊動」する異郷でその土地に寄りそい、ことばを交わさない出会いや混じりけのない孤独を経験しながら、ムラを棄て続ける行為が、ムラの意味をも変貌させうる。

道端の簡易給油所。サンダル直し。白いアオザイの女子学生や、ノンラーに天秤棒を担いだもの売りのおばさんら。ヘチマのスープ、青バナナとタニシの煮もの、豚耳の春巻き、イカのトマト煮。おかず皿からえらべるコムビンザンと呼ばれる大衆食堂。そうやってベトナムを拾うて歩いた。（中略）麺の道。辣の道。絲綢の道。街路樹に吊るされたラジオからの聲。どうしようもなくベトナムだった。そのいちいちをからだで味わいたかった。どこまでも歩いていけそうないのちになる。言葉にすればみなつまらなくなる。ちいさなおとこのこが誰もいないところに話しかけていた。あたらしいひかり、あたらしい闇。あすはいっきに南下する。

（「へム（路地）」）

市場や生活の騒音、人や家畜の混在する臭いやエネルギーに満ちた猥雑な「生」の世界こそ、創造の源である。それは、固定、停滞、相互監視という制度を解体し、魂を解放する詩の源泉でもある。この詩人が、台湾やベトナム、東南アジアに心が惹かれるのはそのためであろう。さらに、ことばを超えたもの、ま裸な聲となって、遊動する野の光の歩行はとどまることはない。

この詩集に編まれた詩篇が、何度読み返しても摩滅することのないのは、身体を持った言葉が異彩を放っているからだろう。

（2020.9.27）

現代詩文庫　246　松岡政則詩集

発行日　・　二〇二一年三月三十一日

著　者　・　松岡政則

発行者　・　小田啓之

発行所　・　株式会社思潮社

〒162-0842　東京都新宿区市谷砂土原町三―十五

電話〇三（五八〇五）七五〇一（営業）／〇三（三二六七）八一四一（編集）

印刷所　・　三報社印刷株式会社

製本所　・　三報社印刷株式会社

用　紙　・　王子エフテックス株式会社

ISBN978-4-7837-1024-0　C0392

現代詩文庫

新刊

201 蜂飼耳詩集
202 岸田将幸詩集
203 中尾太一詩集
204 日和聡子詩集
205 田原詩集
206 三角みづ紀詩集
207 尾花仙朔詩集
208 田中佐知詩集
209 続続・高橋睦郎詩集
210 続続・新川和江詩集
211 続・岩田宏詩集
212 江代充詩集
213 貞久秀紀詩集
214 中上哲夫詩集
215 三井葉子詩集
216 平岡敏夫詩集
217 森崎和江詩集
218 境節詩集
219 田中郁子詩集
220 鈴木ユリイカ詩集
221 國峰照子詩集
222 小笠原鳥類詩集
223 水田宗子詩集
224 続・高良留美子詩集
225 有馬敲詩集
226 國井克彦詩集
227 暮尾淳詩集
228 山口眞理子詩集
229 田野倉康一詩集
230 広瀬大志詩集
231 近藤洋太詩集
232 渡辺玄英詩集
233 米屋猛詩集
234 原田勇男詩集
235 齋藤恵美子詩集
236 続・財部鳥子詩集
237 中田敬二詩集
238 三井喬子詩集
239 たかとう匡子詩集
240 和合亮一詩集
241 続・和合亮一詩集
242 続続・荒川洋治詩集
243 新国誠一詩集
244 松下育男詩集
245 佐々木安美詩集
246 松岡政則詩集
247 斎藤恵子詩集
248 福井桂子詩集